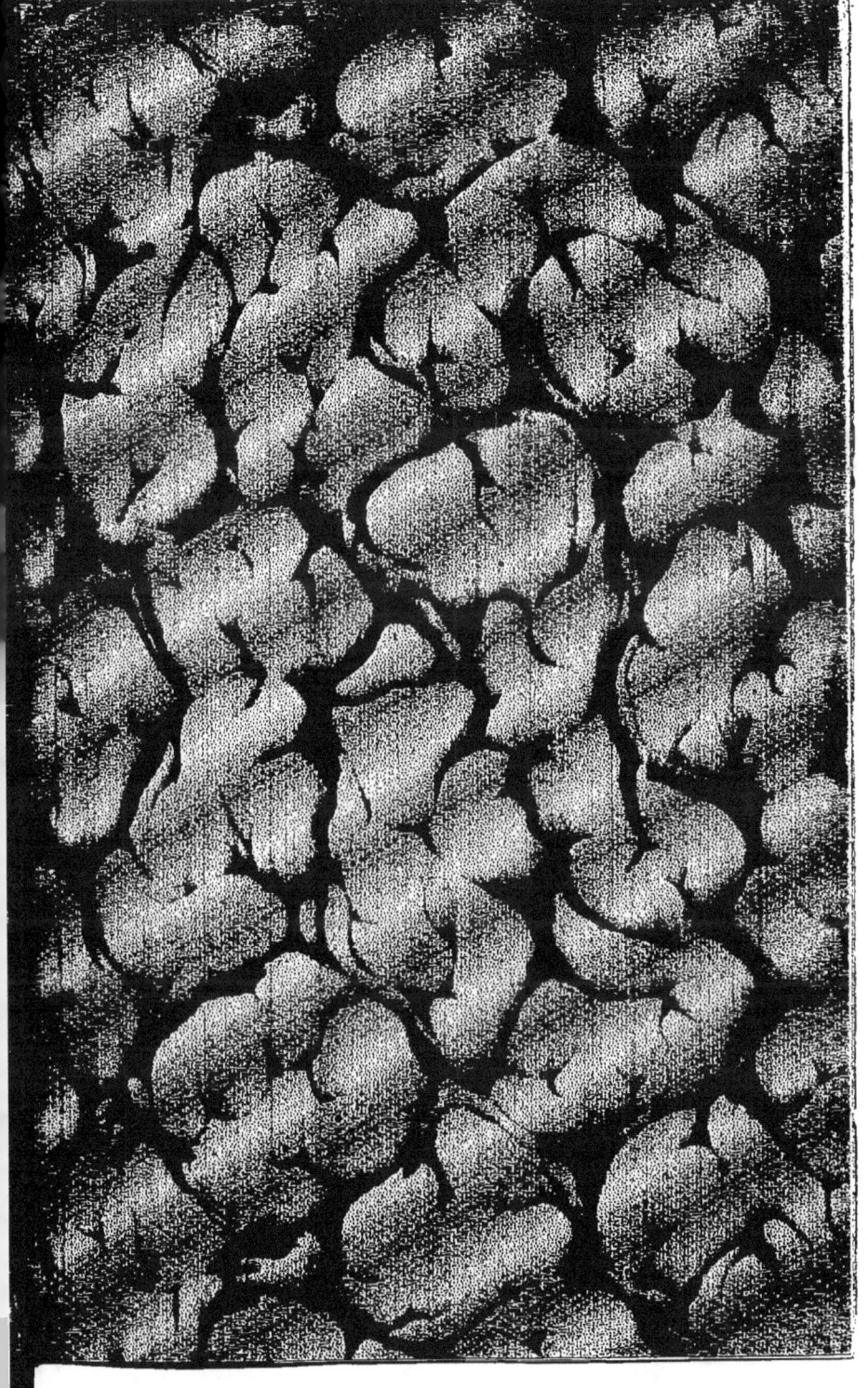

Prix : **60** centimes.

SIGURD

ET

LES EDDAS

Traduction de E. DE LAVELEYE

PARIS

ERNEST FLAMMARION, ÉDITEUR

26, rue Racine, 26.

SIGURD

ET LES EDDAS

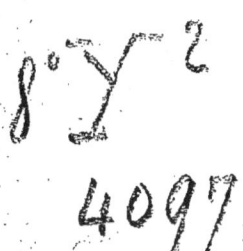

SIGURD

ET

LES EDDAS

Traduction et Préface

PAR

E. DE LAVELEYE

PARIS

ERNEST FLAMMARION, ÉDITEUR

26, RUE RACINE, PRÈS L'ODÉON

—

Tous droits réservés.

PRÉFACE

On connaît sous le nom d'*Edda* deux recueils
écrits dans la langue qu'on parlait en Islande
au moyen âge. Le premier contient des pièces
de vers détachées, c'est l'*Edda* attribuée à
Sœmund. Le second renferme des récits en
prose et on l'appelle l'*Edda* de Snorri. Tout
le monde s'accorde à affirmer, et pour de
bonnes raisons, que Sœmund n'est pas l'au-
teur des antiques compositions en tête des-
quelles son nom est inscrit : il n'a fait que recueillir des chants, des poésies, des traditions

lalant d'une époque plus reculée et conservés par la mémoire du peuple.

Mais ce recueil a-t-il été fait par Sœmund et portait-il primitivement ce titre d'*Edda*, qui par une belle synonymie signifie à la fois *science* et *aïeule* ? Voilà deux questions bien débattues mais non résolues, et qui probablement comme tant d'autres ne le seront jamais d'une façon péremptoire. L'évêque de Skalholt en Islande, Brynjolf Swendsen, qui trouva, en 1643, le plus ancien manuscrit de l'*Edda*, le *Codex regius*, y inscrivit de sa main le titre de *Edda Sœmundar hinns frôda*, ce qui signifie Edda de Sœmund le Savant. On ignore si l'évêque, en ce faisant, s'appuyait uniquement sur la tradition, ou bien s'il possédait des indications plus précises. Ce que l'histoire nous apprend, c'est que vers la fin du onzième siècle vivait en Islande un prêtre du nom de Sœmund, très renommé pour son savoir. Il appartenait à une ancienne famille d'origine norvégienne, qui avait embrassé le christianisme vers l'an mille, en même temps que tous les autres habitants de l'île. Son désir de s'instruire le poussa à visiter l'Allemagne et même Paris. De retour dans sa patrie, il s'appliqua à réunir les tradi- tions du paganisme scandinave, dont les autres prêtres s'efforçaient de faire disparaître jusqu'aux dernières traces. L'intérêt si vif qu'il portait aux souvenirs d'un culte détesté alors par les nouveaux convertis comme une inspi- ration diabolique, lui valut la réputation de sorcier. Né entre 1054 et 1057, il mourut vers 1133.

A l'école latine, qu'il avait fondée sur son domaine héréditaire à Oddi, s'instruisit Snorri- Sturluson (né en 1178, mort en 1241), qui écrivit le *Heimskringla*, la grande histoire du Nord, mais qui probablement ne rédigea pas l'*Edda* qui porte son nom. Ce recueil comprend deux morceaux différents : 1° l'aveuglement de Gylfi (*Gilfaginning*) ; 2° les entretiens de Bragi (*Bragarodur*). A la suite se trouvait un recueil de règles poétiques et d'exemples de poésie, le *Skaldskaparmal*, qui avait pour but d'ensei- gner l'art des Skaldes aux jeunes gens dési-

reux d'apprendre à célébrer les antiques traditions religieuses et héroïques, patrimoine in-
tellectuel de la nation. Il paraît établi que
Snorr n'a point composé les pièces que contiennent l'*Edda* et la *Skalda;* il n'a fait que les
recueillir. Les trente-sept pièces que l'*Edda* de
Sœmund renferme sont toutes, sauf deux en
prose, écrites en vers, marqués non par la
rime, mais par l'allitération. Cependant, dans
beaucoup d'entre elles on trouve quelques
lignes de prose attribuées au compilateur.
Elles ont pour but tantôt d'introduire les personnages, tantôt de suppléer à certaines parties du chant qui semblent ne point s'être re-
trouvées, tantôt de lui donner une conclusion.
Seize de ces pièces sont consacrées aux traditions de la mythologie scandinave, aux *Gœter-
sagen,* comme disent très bien les Allemands,
c'est-à-dire aux sagas des dieux. Vingt et une
autres contiennent des *Helden sagen,* des
sagas héroïques. Parmi celles-ci, quinze se
rapportent aux personnages et aux événements
du poème du *Nibelunge-not.* Ce sont celles-là

que nous avons cru de voir traduire, afin qu'on puisse comparer la légende épique de Sigurd et de Gunnar, telle qu'elle nous apparaît dans les poésies scandinaves, avec celle que nous offre le poème germanique.

On ignore complètement qui a pu composer les poésies qui forment l'*Edda* de Sœmund. On reconnaît très clairement qu'elles ne remontent pas toutes à la même époque. D'après les érudits dont l'opinion a le plus de poids, les plus anciennes, dans la forme où nous les possédons, remonteraient au huitième siècle. Quelques-unes, comme les chants groenlandais d'Atli, ne dateraient que du neuvième siècle, et même une d'entre elles, le troisième chant de Gudrun, pourrait être attribué à Sœmund, d'après P. E. Muller. Si presque toutes ces poésies sont antérieures au neuvième siècle, il en résulte qu'elles n'ont pu être composées en Islande, puisque cette île n'a été peuplée que vers 880 par les familles norvégiennes fuyant la tyrannie de Harold aux Beaux Cheveux.

Comme presque toutes les poésies populaires,
les chants de l'*Edda* sont d'auteurs inconnus,
parce qu'ils sont sortis de l'inspiration spon-
tanée de la muse populaire. Les Skaldes nor-
végiens leur ont sans doute donné la forme
modifiée que Sœmund a fixée définitivement
en la confiant à l'écriture. Les sagas héroïques
viennent incontestablement de l'Allemagne,
ainsi que nous l'avons indiqué précédemment
dans notre étude sur la formation de l'épopée.
Quant aux sagas mythologiques, comme elles
constituent le fonds même des croyances religieuses, que les races blondes du Nord ont
emportées avec elles en même temps que leur
langue, quand elles ont quitté les hauts pla-
teaux de l'Asie, on peut dire qu'elles appartien-
nent également aux Scandinaves et aux Germains.

Le premier chant qui concerne la tradition
épique de Sigurd est intitulé : *Sigurdarkvida
Fâfnisbana fyrsta eda Grepisspâ*, c'est-à-dire
le premier chant de Sigurd vainqueur de Fafnir
et les prédictions de Gripir. C'est un dialogue

entre Sigurd et Gripir, » le plus sage de tous les
hommes et qui connaît l'avenir. » Sigurd veut
connaître sa destinée et Gripir finit par la lui dé-
voiler. C'est comme un résumé rapide de toute
la Saga. Ces prédictions de l'avenir sont fréquentes dans l'*Edda*. Elles répondaient aux
croyances populaires et elles permettaient au
poète de faire mieux saisir à ses auditeurs la
liaison des divers événements de la tradition.
Le second chant de Sigurd (*Sigurdarkvida Fâfnisbana ænnur*) montre le héros à la cour du
roi Hialprek où il est élevé par Regin. Regin
raconte à Sigurd l'origine du trésor que son
frère Fafnir garde sur la Gnitaheide sous la
forme d'un dragon. Il pousse le jeune homme
à tuer Fafnir, mais Sigurd venge d'abord son
frère Siegmund en tuant les fils de Heinding.
Odin prend la forme d'un vieillard pour guider
la barque du héros. Toute cette partie de la
tradition est étrangère au *Nibelunge-nôt*. Ces
souvenirs de la mythologie païenne conservés
dans le Nord avaient dû se perdre en Allemagne sous l'influence des idées chrétiennes.

Le chant de Fafnir (*Fâfnismal*) raconté comment Sigurd tua d'abord le dragon, puis Regin
lui-même qui voulait l'égorger pour rester
seul maître du trésor. Nous sommes encore ici
sur le terrain des mythes antiques. Le dragon
Fafnir s'entretient avec son vainqueur, les oiseaux parlent et Sigurd comprend leur langage, après que ses lèvres ont goûté du sang
qui coule du cœur du dragon. Dans le *Nibelunge-nôt* on ne retrouve plus qu'un écho,
affaibli, de ces vieilles sagas. Quand Siegfrid
arrive à la cour burgonde, Hagene, qui le reconnaît, dit quelques mots des exploits du
héos. Il sait qu'il a tué le dragon; mais il
ajoute qu'il s'est baigné dans le sang du
monstre, ce qui l'a rendu invulnérable, circonstance dont les chants de l'*Edda* ne savent
rien et qui ne tend pas à relever la bravoure de
Siegfrid. C'est une façon matérielle et grossière d'exprimer sa force et son courage : elle
doit être postérieure à l'*Edda*. On la retrouve
dans une légende du moyen âge, le *Hœrner
Siegfried* (Siegfrid à la peau de corne), et déjà

le *Nibelunge-nôt* remarque que sa peau est dure comme de la corne.

Hagene sait aussi que Siegfrid a conquis un inépuisable trésor. Seulement ce n'est pas en tuant le dragon, c'est en tuant les deux fils du roi Nibelung qui se disputaient le riche héritage de leur père.

Ainsi toute cette partie de la tradition épique n'est entrée dans le *Nibelunge-nôt* que déformée et effacée. On sent qu'on a quitté depuis longtemps la région des anciens mythes germaniques et scandinaves.

Le chant de Sigurdrifa (*Sigrdrifumal*) nous montre Sigurd se dirigeant, après sa victoire sur le dragon, vers le pays des Francs. Monté sur son cheval Grani, il franchit les flammes qui entourent le burg où repose la Walkyrie, Sigurdrifa, endormie d'un sommeil magique par l'ordre d'Odin dont elle a méconnu les volontés. Sigurdrifa, dont le nom de femme est Brynhild, se réveille ; elle accorde son amour à celui qui l'a délivrée et lui apprend les runes. Dans le *Nibelunge-nôt*, toutes ces circonstances sont oubliées. Il est dit seulement que Siegfrid connaissait déjà Brynhild, et on devine que, même après qu'elle a épousé Gunther, elle aime encore le jeune chef ; mais on s'aperçoit que le sens et l'enchaînement de l'antique tradition sont perdus. Dans l'*Edda*, où Sigurd a trahi Sigurdrifa, qui l'aime toujours et qui se venge en le faisant assassiner, le nœud de l'action est plus simple et plus naturel.

Le troisième chant de Sigurd, vainqueur de Fafnir (*Sigurdharkvidha Fafnisbana thridhja*), n'est, d'après Lachmann, que le développement d'un chant plus ancien. Il dit en quelques mots que Sigurd a conquis Brynhild pour Gunnar, puis il peint l'amour persistant de Brynhild et sa jalousie. Elle pousse Gunnar à tuer celui qu'elle aime, mais c'est le jeune frère de celui-ci, Guthorm, qui assassine le héros, tandis qu'il reposait à côté de Gudrun. Dans le *Nibelunge-nôt*, Siegfrid est tué par Hagene dans une grande chasse au delà du Rhin. Ici Brynhild, désespérée, se tue et pré-

dit, avant de mourir, que Gudrun épousera
Atli, et que celui-ci fera périr Gunnar, pour
venger l'honneur d'Oddrun que Gunnar sé-
duira. Tout ce chant est fort beau et peint bien
les anciennes mœurs scandinaves.

Le morceau qui porte le titre de *Brot af
Brynhildarkvidhu* (fragment d'un chant de
Brynhild), se rapporte aussi à la mort de
Sigurd; mais ici on a suivi la tradition allemande qui fait périr le héros dans une forêt
loin de sa demeure, comme dans le *Nibelunge-
nôt ;* seulement c'est aussi le jeune Guthorm
qui lui porte le coup mortel.

Le chant intitulé *Helreidh Brynhildar* ne fait
connaître aucun nouveau fait important de la
légende. Brynhild, morte et descendue dans le
royaume de Hel, raconte comment Sigurd l'a
délivrée du sommeil magique auquel Odin
l'avait condamnée. Cette poésie a un caractère
vraiment épique et paraît très ancienne.

Le morceau suivant, *Gudrunarkvidha fyrsta,*
est moins ancien, mais il est encore plus beau.
Il a pour but de peindre la douleur de Gudrun

après la mort de son époux et il le fait d'une manière sublime. C'est une des rares pièces de l'*Edda* qui soit tout à fait lyrique et qui ne contribue pas à faire marcher l'action.

Le récit en prose *Drap Niflunga*, la mort des Niflungen, est probablement rédigé par le compilateur de l'*Edda*. C'est le résumé rapide de tous les événements qui suivirent le meurtre de Sigurd.

Le deuxième chant de Gudrun, *Gudrunar-kvidha ænnur*, nous montre la veuve de Sigurd racontant ses douleurs au roi Thidrek, exilé auprès d'Atli. Nous y voyons comment Gudrun a consenti à épouser Atli après que sa mère Grimhild lui a fait boire la coupe de l'oubli. Le *Nibelunge-nôt* ne s'est pas trop éloigné ici de la tradition contenue dans l'*Edda*, quoiqu'il soit évident que le poème du douzième siècle est puisé à des sources allemandes et non aux sources scandinaves.

Le troisième chant de Gudrun, *Gudrunar-kvidha thridhja*, rapporte une circonstance dont il n'y a pas trace dans le *Nibelunge-nôt*.

Herkia, la Erke historique de Priscus, est, d'après la tradition allemande, la première femme d'Etzel, et il n'épouse Grimhild qu'après sa mort. Ici Herkia est une servante d'Atli, sa maîtresse sans doute, qui, jalouse de Gudrun, l'accuse d'avoir eu des relations coupables avec Thidrek. Gudrun se justifie par l'épreuve de l'eau bouillante, et Herkia, convaincue de calomnie, est étouffée dans un marais, suivant les anciennes coutumes germaniques.

La plainte d'Oddrun, *Oddrunargratr*, est, d'après tous les critiques, une composition relativement récente qui rapporte des faits étrangers à l'ancienne tradition. Oddrun est la sœur d'Atli. Gunnar l'aurait séduite, et c'est pour la venger qu'Atli attire les Niflungen à sa cour pour les faire périr. Dans le troisième chant de Sigurd, une strophe rappelle aussi ces faits, mais on suppose qu'elle est interpolée. En tout cas, d'après la tradition ancienne, Atli fait mourir Gunnar et Högni, pour venger Brynhild et non Oddrun.

Les deux chants suivants, *Atlakvidha* et

2

Atlamal, — nommés chants groenlandais,
parce qu'ils furent composés dans la province
norvégienne, le Groenland, — racontent tous
deux les mêmes événements; seulement le
second les rapporte avec plus de développe-
ments que le premier. Nous sommes ici sur le
même terrain que dans la seconde partie du
Nibelunge-nôt. Atli envoie des messagers à
Gunnar et à Högni pour les engager à venir à
sa cour. Quoiqu'ils prévoient le danger qui les
y attend, ils s'y rendent. Ils sont aussitôt
assaillis et ils succombent malgré leur valeur.
On arrache le cœur d'Högni et Gunnar est jeté
dans la tour aux serpents. Seulement ici se
manifeste une différence fondamentale avec le
poème du douzième siècle. Dans l'*Edda*,
Gudrun veut sauver ses frères; elle les avertit
du piège, puis elle combat à leur côté, et
quand ils sont tués, pour les venger elle
égorge Atli et ses propres enfants. Elle obéit
au sentiment qui liait les membres d'une
même famille; c'est là la manière de sentir
des temps primitifs. Dans le *Nibelunge-nôt*, au

contraire, c'est elle et non Etzel qui provoque la mort de ses frères. Elle veut venger son mari; l'amour que l'épouse éprouve pour l'époux est le sentiment le plus fort.

Le chant intitulé *Gudrunarhvæt* semble étranger à la tradition primitive et il paraît certain que le *Chant de harpe* de Gunnar, découvert après l'*Edda*, n'est qu'une imitation moderne des chants anciens, comme les poésies d'Ossian.

Le caractère propre des chants de l'*Edda* consiste, suivant W. Grimm, en ceci que jamais ils ne visent à donner un récit complet de la *Saga* : ils la supposent connue et ils se bornent à mettre en relief les faits qui devaient le plus frapper les auditeurs. Il est tenu peu de compte de la succession des événements; le passé, le présent et l'avenir sont souvent confondus, et nulle part on ne retrouve le développement graduel d'un récit épique. Les plus beaux chants, les plus anciens, ne renferment que des dialogues; les strophes narratives servent seulement de transition. Souvent un fait

saillant est indiqué en un seul mot : ainsi une
ligne suffit pour raconter la mort de Sigurd :
« Il était facile d'exciter Guthorm. L'épée
avait transpercé le cœur de Sigurd. » Cette ra-
pidité, cette brièveté énergique produit un
grand effet, mais elle ne peut suffire au récit
épique. L'expression est noble, simple, nette,
sans ornement aucun. Les longues et majes-
tueuses comparaisons dans le genre de celles
d'Homère manquent complètement, seulement
chaque mot est pour ainsi dire une image, et
fréquemment une personne ou un objet est
désigné par un trait qui peint vivement l'im-
pression que ces choses doivent produire. L'art
fait défaut; il n'y a nulle préoccupation de
l'effet, nulle idée esthétique. Ce sont bien là
les productions spontanées de la muse populaire, et c'est cela même qui en fait le prix
pour l'histoire comparée des littératures. On
sait que des chants semblables à ceux de
l'*Edda* ont précédé les grandes épopées na-
tionales de l'Inde et de la Grèce. Mais ils sont
perdus sans avoir laissé de traces. Ici nous

pouvons saisir les germes de l'épopée germanique et nous faire ainsi une idée du caractère
général de cette période de la formation
épique. De même que les astronomes distin-
guent dans le ciel des germes d'étoiles futures,
de la matière cosmique ou sidérale en voie
de développement, ici nous pouvons étudier
la matière épique, avànt qu'elle ait pris la
forme définitive d'une épopée complète,
achevée.

SIGURD

ET LES EDDAS

PREMIER CHANT DE SIGURD

VAINQUEUR DE FAFNIR

OU LA PROPHÉTIE DE GRIPIR

Gripir était fils d'Eylimi et frère de Hiœrdi. Il régnait sur plus d'un pays; il était le plus savant des
hommes et il connaissait l'avenir. Sigurd chevauchant seul arriva au palais de Gripir. Il était facile
de reconnaître le héros. Il rencontra devant le palais
un homme qui s'appelait Geitir et il lui adressa la
parole. Sigurd l'interrogea et dit (1) :

(1) Les passages imprimés en petits caractères sont en
prose dans l'original, le reste est en vers.

SIGURD

Qui habite en ce palais? Comment nomme-t-on le roi de ce pays?

GEITIR

Il s'appelle Gripir, le chef des guerriers qui gouverne ce royaume, et ceux qui l'habitent.

SIGURD

Le roi est-il ici, et vodrait-il m'accorder un entretien? Un inconnu désire lui parler. Je voudrais voir Gripir, le plus tôt qu'il se peut.

GEITIR

Le bon roi demandera à Geitir comment se nomme celui qui désire lui parler.

SIGURD

Je m'appelle Sigurd; je suis le fils de Sigmund, et ma mère est Hiœrdi.

Geitir alla dire à Gripir : « Un inconnu de noble apparence vient d'arriver, et il désire vous entretenir. »

Le roi puissant sortit de son appartement et salua amicalement le chef étranger : « Accepte l'hospitalité, ô Sigurd : pourquoi n'es-tu pas

venu plus tôt? Va, Geitir, et conduis son cheval
Grani. »

Ils se mirent à causer et se dirent beaucoup
de choses ; quand ils se virent ainsi, ces sages
guerriers : « Dis-moi, si tu le peux, ô frère de
ma mère, quelle sera la destinée de Sigurd? »

GRIPIR

Tu deviendras le chef le plus puissant de la
terre, et tu seras considéré comme le plus noble
des rois. Prompt à donner, lent à maudire,
beau de visage, et sage en paroles.

SIGURD

Dis-moi, roi magnanime, mieux que Sigurd
ne peut le demander, dis-moi, ô voyant, ce que
tu dois apercevoir? Que m'arrivera-t-il d'heureux quand j'aurai quitté ce palais?

GRIPIR

D'abord, en combattant, tu vengeras ton père,
et tu tireras vengeance de tout ce qu'Eylimi a
souffert. Tu tueras les fils de Hunding, ces
guerriers forts et rapides, et tu obtiendras la
victoire.

SIGURD

Parle, noble roi, mon parent ; fais-moi tout connaître, puisque nous parlons à cœur ouvert. Vois-tu les exploits de Sigurd s'élever jusqu'à la voûte des cieux ?

GRIPIR

Seul, tu tueras le terrible dragon qui brille couché sur la Gnitaheide. Tu mettras à mort les deux frères Regin et Fafnir. Voilà ce que voit Gripir.

SIGURD

Si je parviens, comme tu l'annonces, à vaincre ces guerriers, je deviendrai le maître de grands trésors ; mais que ton esprit pénètre plus avant et me fasse connaître quelle sera ensuite ma destinée.

GRIPIR

Tu trouveras l'or sur lequel Fafnir est couché, et tu emporteras le trésor brillant ; chargeant Grani de ces richesses, tu chevaucheras vers Giuki, ô vaillant héros.

SIGURD

O roi, qui vois l'avenir, tu en diras plus encore au chef dans cet entretien amical. Je deviens l'hôte de Giuki, et puis je le quitte : quelle sera ensuite ma destinée ?

GRIPIR

Après la mort d'Helgi, sur un rocher dort la fille du roi, belle sous son armure. Tu coupes sa cotte de mailles du tranchant de ta bonne épée qui a tué Fafnir.

SIGURD

La cotte de mailles s'entr'ouvre. Elle se met à parler, la jeune fille, la belle, tirée ainsi de son sommeil. Que dira la voyante à Sigurd qui puisse être utile à ce héros ?

GRIPIR

Elle t'enseignera les runes puissants que tous les hommes voudraient connaître ; elle t'apprendra à parler toutes les langues et à distinguer les baumes qui guérissent. Salut, ô roi !

SIGURD

Tout est bien ; j'ai recueilli la science, et je
suis prêt à chevaucher plus loin. Que ton esprit
pénètre plus avant et me fasse connaître quelle
sera ensuite ma destinée.

GRIPIR

Tu arriveras dans la demeure de Heimir, et
tu deviendras l'hôte heureux de ce chef des
peuples. Je ne vois point plus loin, Sigurd ; tu
ne dois plus rien demander à Gripir.

SIGURD

Tes paroles me troublent, car certes, ô roi !
tu vois encore plus loin. Aperçois-tu quelque
terrible malheur pour Sigurd, que tu veuilles
le lui cacher, ô Gripir ?

GRIPIR

J'ai pu voir devant moi dans tout son éclat le
printemps de ta vie. C'est à tort qu'on m'a
nommé un sage et un voyant. J'ai dit ce que je
savais.

SIGURD

Je ne connais personne sur la terre qui voie aussi bien dans l'avenir que toi, Gripir. Tu ne dois pas me cacher ce qu'il peut y avoir de sombre dans ma destinée, pas même mes méfaits.

GRIPIR

Aucun méfait ne souillera ta vie ; quitte ce souci, noble chef. Aussi longtemps qu'il y aura des hommes, ô prince des épées acérées, ton nom sera honoré.

SIGURD

Puisqu'il en est ainsi, ce qui m'afflige le plus c'est que Sigurd doive se séparer ainsi du voyant. Montre-moi le chemin, ô frère de ma mère, puisque tu le peux. Tout, d'ailleurs, est déterminé d'avance.

GRIPIR

Je dirai tout à Sigurd, puisque le guerrier m'y oblige. Sache-le, car c'est la vérité, le jour de ta mort est fixé.

SIGURD

Je ne veux pas t'irriter, noble roi, mais je désire obtenir tes bons avis, ô Gripir. Je voudrais savoir quel est le sort, quelque terrible qu'il soit, qui attend Sigurd.

GRIPIR

Près de Heimir il est une jeune fille, belle de visage, qui s'appelle Brynhild. Elle est fille de Budli, et le bon Heimir veille sur la vierge au cœur fier.

SIGURD

Qu'ai-je à craindre de la jeune fille belle de visage qu'élève Heimir ? Voilà ce que tu dois me dire, Gripir, car tu vois tout dans l'avenir.

GRIPIR

Elle t'enlèvera le bonheur, la belle vierge que Heimir élève. Tu ne dormiras plus du bon sommeil, tu ne jugeras plus les différends, tu éviteras les hommes, quand tu auras vu la jeune fille.

SIGURD

Rien n'adoucira-t-il les soucis de Sigurd ?
Dis-le-moi, Gripir, car tu le vois. Ne puis-je
acheter avec le trésor des fiançailles la vierge,
la charmante fille d'un roi puissant ?

GRIPIR

Vous échangerez tous les serments les plus
sacrés, mais vous en tiendrez peu. Que pour
une nuit seulement tu deviennes l'hôte de
Giuki et ton cœur aura oublié la vierge qu'élève
Heimir.

SIGURD

Comment donc ? Gripir, réponds-moi ? Vois-tu
l'inconstance dans mon âme ? Ne garderais-je
pas ma foi envers la jeune fille que je parais
aimer du fond du cœur ?

GRIPIR

Tu agiras ainsi, chef, par les ruses d'autrui.
Les conseils de Grimhild te perdront. La femme
aux voiles blancs t'offrira sa propre fille : elle
te trompera, ô roi.

SIGURD

Si je m'allie à Gunnar et à son frère, et si je deviens le fiancé de Gudrun, je serais très heureux, à moins que je ne doive craindre la trahison.

GRIPIR

Grimhild t'enivrera complètement. Elle t'amènera à conquérir Brynhild pour la remettre aux mains de Gunnar, le roi des Goths. Tu te hâtes trop de promettre cette entreprise à la mère de ce chef.

SIGURD

De mauvaises actions vont se commettre, je le vois. La volonté de Sigurd est troublée, si je dois obtenir pour un autre la vierge charmante que j'aimais moi-même.

GRIPIR

Vous échangerez vos serments, Gunnar, Högni et toi, héros, le troisième. En chemin, Gunnar et toi, vous prendrez la forme l'un de l'autre ; Gripir ne ment pas.

SIGURD

Pourquoi ferons-nous cela? Pourquoi, en chemin, prendrons-nous la forme l'un de l'autre? Je soupçonne déjà que d'autres tromperies plus noires vont suivre : parle encore, Gripir.

GRIPIR

Voilà que tu as pris les traits et la forme de Gunnar, mais tu conserves ta parole et tes sentiments élevés. Et ainsi tu engages ta foi à la noble pupille de Heimir : personne ne peut l'empêcher.

SIGURD

Ce qui me paraît le plus affreux, c'est que Sigurd passera pour un fourbe, si les choses arrivent ainsi. Ce serait malgré moi qu'avec tant de perfidie j'abuserais la fille des héros, dont je connais le grand cœur.

GRIPIR

Tu reposeras près de la vierge, chef des armées, comme auprès de ta mère. C'est pour-

3

quoi, ô prince des peuples, tant qu'il y aura des hommes, ton nom sera honoré.

Le même jour on boira aux noces de Sigurd et de Gunnar dans les salles de Giuki. Vous changerez de nouveau entre vous de visage et de forme, mais chacun gardera son cœur.

SIGURD

Gunnar, ce héros magnanime, obtiendra-t-il une chaste épouse, dis-le-moi, Gripir, après que la noble fiancée du guerrier aura couché trois nuits à mes côtés ? cela serait inouï.

Cette alliance sera-t-elle un bonheur pour nous tous ? Dis-moi, Gripir, aurons-nous lieu de nous en réjouir, Gunnar et moi ?

GRIPIR

Tu te souviens de ton serment, mais tu dois le taire. Tu gardes à Gudrun l'affection d'un époux ; seulement Brynhild pense qu'elle est mal mariée et cette femme habile songe à se venger par ruse.

SIGURD

Quelle amende acceptera cette femme que

nous avons trompée pour la marier? J'ai fait des serments à la noble jeune fille et je ne les ai pas gardés et elle a perdu le repos.

GRIPIR

Elle dira à Gunnar que tu n'as pas été fidèle à ta promesse, tandis que ce chef, l'héritier de Giuki, avait placé en toi toute sa confiance.

SIGURD

Qu'en est-il de tout cela? Gripir, réponds-moi. Aurais-je été coupable ou la femme digne d'amour nous calomnie-t-elle tous deux? Parle, ô Gripir.

GRIPIR

Par peine de cœur et grand souci, la noble femme te calomniera. Quoique par ruse tu aies trompé la reine, tu respectas toujours la belle jeune fille.

SIGURD

Obéiront-ils à ses suggestions, le sage Gunnar, Guthorm et Hogni? Les fils de Giuki rougirontils leurs épées dans mon sang, à moi, leur parent ? Parle, Gripir.

GRIPIR

De colère, le cœur de Gudrun se brise quand ses frères ont résolu la perte. Cette femme vertueuse vit désormais privée de joie : voilà ce qu'a fait Grimhild.

Voici ce qui peut te consoler, ô chef d'armée ; telle doit être ta vie, ô roi ; que jamais sur la terre ou sous le soleil n'aura paru un homme comme toi, Sigurd.

SIGURD

Séparons-nous donc gaîment : nul ne peut vaincre le sort. Tu as accédé à ma demande, Gripir, et si cela avait dépendu de toi, tu m'aurais annoncé une destinée plus heureuse.

DEUXIÈME CHANT DE SIGURD

VAINQUEUR DE FAFNIR

Sigurd se rendit là où Hialprek élevait ses chevaux, et parmi ceux-ci il se choisit un étalon qui depuis lors fut appelé Grani. Regin, fils de Hreidmar, était arrivé près de Hialprek. Il était le plus habile des hommes et un nain de stature. Il était savant et méchant et connaissait les sortilèges. Regin entreprit d'élever Sigurd : il l'instruisit et l'aimait beaucoup. Il raconta à Sigurd l'histoire de ses aïeux et leurs aventures et comment Odin, Hogni et Loki arrivèrent à la cascade d'Andvari. Dans cette chute d'eau il y avait une grande quantité de poissons. Un nain qui s'appelait Andvari vivait depuis longtemps près de cette chute sous forme de brochet et il y prenait sa nourriture. « Notre frère s'appelait Otur, dit Regin, et il nageait souvent dans la chute sous forme d'une loutre. Un jour il avait pris un saumon et il le mangeait au bord de l'eau, les yeux à moitié fermés, lorsque Loki le tua d'un coup de pierre. Les Asen s'estimèrent très heureux et dépouillèrent la loutre de sa peau. Le même soir ils prirent gîte chez Hreidmar et lui montrèrent leur proie. Nous mîmes les mains sur eux et nous leur imposâmes, pour prix du meurtre, qu'ils rempliraient d'or la peau de la loutre et qu'ils la recouvriraient extérieurement d'or rouge. Ils envoyèrent Loki pour aller chercher l'or. Il se rendit auprès de Ran (1) et obtint d'elle son filet ; il jeta le filet devant le brochet et le brochet s'y engagea. Alors Loki parla ainsi :

Quel est ce poisson qui nage dans la rivière et qui ne sait pas se préserver du piège? Sauve maintenant ta tête des rets de Hel (2) et livre-moi la flamme des eaux, l'or brillant.

LE BROCHET

Je m'appelle Andvari, mon père se nomme Odin. Je franchis maintes cascades.

Il y a longtemps, une Norne ennemie m'a condamné à nager dans ces eaux.

(1) Ran était l'épouse d'Œgir, dieu de la mer.
(2) La divinité de ceux qui mouraient sans avoir combattu.

LOKI

Dis-moi, Andvari, si tu veux retourner encore parmi les mortels, de quelle peine on frappe les fils des hommes, qui manquent à leur parole?

ANDVARI

Des peines terribles attendent ces fils des hommes ; ils sont plongés dans le Wadgelmir (1). Celui qui trompe les autres par des mensonges en subit bien longtemps la peine.

Loki voyait tout l'or que possédait Andvari. Mais quand celui-ci eut livré tout le trésor, il retenait encore un anneau. Loki le lui enleva aussi. Le nain se rendit au Burg et dit :

Maintenant cet or que Gustr possédait causera la mort de deux frères et de huit nobles guerriers. Nul ne jouira de mon or.

Les Asen délivrèrent le trésor à Hreidmar, remplirent la peau de la loutre et la placèrent debout sur ses pieds. Les Asen devaient encore l'entourer d'or et l'en couvrir complètement. Quand cela fut fait,

(1) Un des fleuves souterrains.

Hreidmar s'approcha et vit un poil du museau et exigea qu'on le couvrit aussi. Odin prit l'anneau Andvara-naut et cacha le poil sous l'anneau.

LOKI

Je t'ai donné de l'or pour racheter ma vie, mais il ne portera pas bonheur à ton fils. Il sera la cause de votre mort à tous deux.

HREIDMAR

Tu m'as donné ce trésor, mais non comme un don d'amitié. Vous auriez perdu la vie si j'avais prévu le danger.

LOKI

Je crois voir des choses encore plus terribles. On se battra pour une femme. Ils ne sont pas encore nés les nobles guerriers pour qui cet or sera une cause de discorde.

HREIDMAR

Cet or rouge m'appartiendra aussi longtemps que je vivrai. Je ne crains point tes menaces, mais retirez-vous d'ici.

Fafnir et Regin exigèrent de leur père une part de la composition payée pour la mort de leur frère. Mais Hreidmar refusa. Alors Fafnir, saisissant son épée, tua son père Hreidmar pendant son sommeil. Hreidmar cria à ses filles :

Lyngheide et Lofnheide! c'en est fait de ma vie. Malheureux ! Je demande vengeance.

LYNGHEIDE

Il n'appartient pas à la sœur, même quand elle voit son père assassiné, de venger le crime sur son frère.

HREIDMAR

Aie une fille, vierge au cœur du loup, si tu ne dois pas donner le jour à un fils. Qu'on donne un époux à la jeune fille : ainsi l'exige le destin, et son fils accomplira la vengeance.

Hreidmar mourut, et Fafnir prit tout l'or pour lui seul. Regin réclama sa part de l'héritage paternel; mais Fafnir refusa. Alors Regin alla demander conseil à Lyngheide sa sœur, pour savoir comment il obtiendrait sa part d'héritage. Elle répondit :

Réclame amicalement de ton frère ta part

d'héritage et de meilleurs sentiments. Il ne te convient pas de demander ton bien l'épée à la main.

Voici ce que Regin raconta à Sigurd. Un jour qu'il se rendit à la demeure de Regin, il fut bien reçu. Regin parla :

Voilà que le fils de Sigmund est venu en ma demeure, ce vaillant héros. Il a plus de courage que moi qui ne suis qu'un vieillard. J'aurai bientôt à combattre contre le loup terrible.

Il faut que je veille sur le héros, sur le descendant d'Yngwi qui est venu vers nous. Il sera le plus puissant des hommes et le bruit de ses exploits, ordonnés par le destin, remplira l'univers.

Sigurd demeura constamment auprès de Regin et celui-ci dit à Sigurd que Fafnir était couché sur la Gnita-Heide sous la forme d'un dragon. Il possédait l'ogishelm qui faisait reculer tous les mortels. Regin forgea pour Sigurd une épée qui s'appelait Gram. Le fil en était si tranchant, que, l'ayant plongée dans le Rhin et ayant abandonné un flocon de laine dans le courant, l'épée coupa le flocon tout comme l'eau. D'un coup de cette épée Sigurd fendit du haut en bas l'enclume de Regin. — Après cela Regin poussa Sigurd à tuer Fafnir. Mais Sigurd parla :

Les fils d'Hunding riraient bien fort, eux qui ont tué Eylimi, si moi, un roi, je pensais plutôt à conquérir des anneaux d'or rouge qu'à venger mon père.

Le roi Hialprek donna à Sigurd des hommes et des vaisseaux afin qu'il pût venger son père. Ils furent assaillis par une grande tempête et passèrent au pied d'un cap élevé. Un homme se tenait au haut du rocher et parla :

Qui chevauche ainsi sur les étalons de Ræwil (1), sur les lames furieuses à travers la mer soulevée ? Les chevaux ailés blanchissent d'écume, les coursiers des vagues ne résisteront pas à la tempête.

REGIN

Nous sommes ici avec Sigurd sur les arbres de l'océan. Les vents qui nous poussent nous entraînent à la mort. La vague déferle au-dessus

(1) Ræwil est un dieu de la mer et ses étalons sont les navires.

des mâts. Les coursiers de la mer vont périr.
Qui nous interroge ?

L'HOMME

On me nomme Hnikar (1), ô jeune Wolsung,
quand je réjouis Hugin sur le champ de bataille.
Tu peux m'appeler l'Homme de la montagne,
Feng ou Fiœlnir. Je veux diriger ta course.

Ils s'approchèrent du rivage. L'homme monta à
bord du navire et calma la tempête.

SIGURD

Dis-moi, Hnikar, toi qui connais les présages
qui annoncent le bonheur aux hommes et aux
dieux, quand on s'avance au combat, quel est
le signe le plus favorable pour soutenir le choc
des épées ?

HNIKAR

Plus d'un présage est bon pour soutenir le
choc des épées, si les combattants connaissaient
ces présages. Ce qui me paraît surtout de bon

(1) Hnikar, Feng et Fiœlnir sont des surnoms d'Odin.
Hugin est le nom d'un de ses corbeaux.

augure, c'est quand le corbeau noir comme la nuit suit le guerrier qui combat.

Un second présage favorable quand tu sors et que tu vas te mettre en voyage, c'est de voir alors deux guerriers valeureux levés sur la pointe des pieds et prêts à la lutte.

C'est aussi un bon présage, quand tu entends hurler le loup près du frêne. Et si tu le vois marcher en avant, tu peux espérer remporter la victoire sur tes ennemis portant des heaumes.

Que personne ne commence le combat en face de la lumière que projette vers le soir la sœur de la lune. Ceux-là remporteront la victoire qui voient commencer le terrible jeu des épées ou qui sauront ordonner les bataillons en forme de coin.

Si ton pied butte au moment de marcher au combat, un grand danger te menace. Les Trugdisen seront à tes côtés et voudront te voir blessé (1).

Que le guerrier se peigne et se lave, et prenne son repas dès le matin ; nul ne sait où il

---

(1) Les Trugdisen étaient, ainsi que les Walkyries, des êtres divins qui apparaissent tantôt comme de bons, tantôt comme de mauvais esprits.

arrivera le soir et il est dur de tomber avant le temps.

Sigurd livra un grand combat à Lyngwi, fils de Hunding, et à ses frères. Lyngwi et ses frères succombèrent. Après le combat, Regin dit :

L'épée bien affilée a coupé les côtes du meurtrier de Sigmund et les a rejetées vers les omoplates. Nul chef plus puissant n'a rougi la terre de son sang, et réjoui les corbeaux.

Sigurd retourna auprès de Hialprek. Regin engagea Sigurd à tuer Fafnir.

LE CHANT DE FAFNIR

Sigurd et Regin montèrent vers la Gnita-Heide et y trouvèrent le sentier par lequel Fafnir rampait vers l'eau. Dans ce sentier Sigurd creusa une fosse profonde et s'y cacha. Quand Fafnir quitta l'or sur lequel il était couché, de sa bouche il lança du poison qui tomba sur la tête de Sigurd. Mais quand Fafnir passa au dessus de la fosse, Sigurd lui plongea son épée dans le cœur. Fafnir se débattait et frappait de la tête et de la queue. Sigurd s'élança hors de la fosse et ils se virent l'un l'autre. Fafnir dit :

Compagnon, compagnon, quel compagnon t'a donné le jour ? De quel homme es-tu le fils, toi qui as osé teindre ton arme brillante dans le sang de Fafnir ? Ton épée a transpercé mon cœur.

Mais Sigurd ne voulut point dire son nom,

parce qu'on croyait jadis que la parole d'un mourant était très puissante, quand celui-ci maudissait son ennemi par son nom. Il répondit :

Je m'appelle un prodige, et je marche ci et là sans avoir connu de mère. Je n'ai point non plus de père comme les autres hommes. Je m'avance solitaire.

FAFNIR

Sais-tu, si tu n'as pas de père comme les autres hommes, quel prodige t'a fait naître ?

SIGURD

Ma race ne t'est pas connue, et moi pas davantage. Je me nomme Sigurd, et mon père Sigmund. Je t'ai vaincu à armes égales.

FAFNIR

Qui t'a poussé et comment t'es-tu laissé pousser à me tuer, ô jeune homme, à l'œil lumineux ? Ton père était un rude guerrier : à son fils, né après sa mort, il a transmis son âme.

SIGURD

Mon cœur me poussait en avant, mes mains

et ma bonne épée ont fait le coup. Jamais les
années ne donneront du courage à celui qui fut
lâche dans son enfance.

FAFNIR

Je le sais, si tu avais pu grandir sous la protection des tiens, tu aurais été intrépide dans
les combats. Mais maintenant tu n'es pas libre,
tu es prisonnier de guerre. Toujours, dit-on,
les captifs tremblent.

SIGURD

Comment peux-tu me reprocher, Fafnir, que
je sois loin de la patrie de mes aïeux ? Jamais
je n'ai été ici ni captif ni prisonnier de guerre.
Tu as bien senti que j'étais libre.

FAFNIR

Dans tout ce que je dis tu trouves des repro-
ches. Mais je te prédis une chose : cet or au son
retentissant, ce métal aux reflets rouges, ces
anneaux te tueront.

SIGURD

Chacun jusqu'à son dernier jour désire pos-

séder des richesses. Mais tout homme doit enfin
quitter la terre pour descendre vers Hel.

FAFNIR

Tu dédaignes les paroles des Nornes et ma
prédiction, comme si elle manquait de sens. Si
tu navigues dans la tempête, tu périras dans les
flots. Tout est mortel pour ceux qui doivent
mourir.

Le casque d'OEgir (1) m'a protégé longtemps,
tandis que j'étais couché sur le trésor. Je me
croyais plus fort que les autres hommes et je
n'ai trouvé personne qui me résistât.

SIGURD

Le casque d'OEgir ne peut toujours protéger
celui qui combat des hommes intrépides. Celui
qui se bat avec plusieurs éprouvera bientôt que
nul n'est toujours le plus fort.

FAFNIR

Je souffle du poison devant moi, depuis que
je suis couché sur le riche trésor de mon père.

(1) OEgir était un dieu marin.

SIGURD

Tu étais effroyable, dragon aux écailles brillantes, et tu avais un cœur impitoyable. Comme s'élèverait l'orgueil des fils des hommes s'ils avaient un casque semblable !

Dis-moi, Fafnir, toi qui vois l'avenir et sais tant de choses, quelles sont les Nornes qui secourent dans la détresse et qui délivrent les femmes en couche ?

FAFNIR

Les Nornes me semblent de différentes espèces et d'origine diverse. Les unes sont de la race des Asen, les autres de celle des Elfes, les troisièmes sont les filles de Dwalin (1).

SIGURD

Dis-moi, Fafnir, toi qui vois l'avenir et qui sais tant de choses, comment se nomme le lieu du combat où Surtur et les Asen mêleront leur sang (2) ?

(1) Dwalin était le père d'une race de nains.

(2) Il s'agit du dernier combat que les Asen livreront à Surtur, le géant du feu, à la fin du monde.

FAFNIR

Il s'appelle Ostkopnir, et là tous les dieux se combattront le fer à la main. Bifrœst (1) se rompt quand ils passent et les coursiers nagent dans la Muota.

Maintenant, je te le conseille, Sigurd, crois-en mon avis; chevauche loin d'ici. Cet or au son retentissant, ce métal aux reflets rouges, ces anneaux, te tueront.

SIGURD

Un conseil m'est donné; mais moi je chevauche sur la bruyère vers ce trésor. Toi, Fafnir, tu exhales ton dernier souffle, tu vas descendre vers Hel.

FAFNIR

Regin m'a trahi et te trahira aussi; il sera la cause de notre mort à nous deux. Fafnir doit quitter la vie, ta force m'a vaincu.

(1) C'est le nom de l'arc-en-ciel, le pont qui conduit vers le Asgard, séjour des dieux. La Muota est le fleuve qui environne Asgard.

Regin s'était éloigné, tandis que Sigurd tuait Fafnir. Il revint au moment où Sigurd essuyait le sang
de son épée. Regin dit :

Salut à toi, Sigurd ; tu as remporté la victoire
et tué Fafnir. De tous les hommes qui existent
sur la terre, tu es le plus vaillant.

FAFNIR

Si tous les enfants des Sigdives, des divinités
de la victoire, devaient se rencontrer, on ne
pourrait encore décider quel est le plus brave.
Plus d'un est courageux qui jamais ne plongea
le fer dans la poitrine de l'ennemi.

REGIN

Tu es fier, Sigurd, et heureux de ta victoire,
et tu essuies ton épée Gram dans l'herbe. Tu
viens de tuer mon frère, mais j'en suis moi-
même en partie la cause.

SIGURD

Tu m'as conseillé de chevaucher par delà la
montagne sacrée. Si tu ne m'avais poussé à
l'action, le dragon aux écailles brillantes joui-
rait encore de la vie et de son trésor.

Regin s'avança alors vers Fafnir et avec son épée, qui s'appelait Ridil, lui enleva le cœur et but le sang qui coulait hors de la blessure.

REGIN

Assieds-toi, Sigurd, et tandis que je vais dormir, fais-moi cuire au feu le cœur de Fafnir. Je veux manger ce cœur après avoir bu le sang de la blessure.

SIGURD

Tu t'es écarté au loin, tandis que je teignais ma forte épée dans le sang de Fafnir ; tu te reposais sur la bruyère pendant que mon bras puissant luttait contre ce formidable dragon.

REGIN

Bien longtemps encore ce vieux Jote (1) serait resté couché sur la bruyère, si tu n'avais pas eu recours à cette épée bien affilée que j'ai forgée pour toi.

SIGURD

Le courage au cœur vaut mieux que le fer

(1) Les Joten étaient les géants, représentants des ténèbres et du mauvais principe.

quand les braves se rencontrent. L'homme intrépide parvient à remporter la victoire, même
avec une arme émoussée.

L'homme intrépide peut mieux que le lâche
se risquer au jeu de la guerre. Celui qui marche
joyeux au combat se servira mieux de son arme
que celui qui manque d'ardeur.

Sigurd prit le cœur de Fafnir et le fit rôtir à la
broche. Quand il crut qu'il était à point et qu'il vit le
jus découler du cœur, il y appliqua le doigt pour voir
s'il était, en effet, assez cuit. Mais il se brûla et se
mit le doigt dans la bouche. Aussitôt que le sang de
Fafnir eut touché sa langue, il comprit le langage
des oiseaux. Il entendit ce que les aigles se disaient
sur les branches.

PREMIER AIGLE

Voilà Sigurd assis teint de sang ; il fait rôtir le
cœur de Fafnir. Il me paraîtrait sage, ce guerrier,
s'il mangeait cet organe de la vie.

DEUXIÈME AIGLE

Voilà Regin couché songeant comment il
trompera l'homme qui se confie en lui. Dans sa
méchanceté, il invente de fausses accusations.

Cet artisan de malheurs pense à venger son frère.

TROISIÈME AIGLE

Après lui avoir coupé la tête, il enverra vers Hel ce bavard aux longs cheveux ; ainsi il possédera tout le trésor sur lequel Fafnir était couché.

QUATRIÈME AIGLE

Il me paraîtrait sage, ô mes sœurs, s'il songeait à profiter des bons avis que vous lui donnez. Qu'il se décide et réjouisse les corbeaux, car, quand on voit ses oreilles, le loup n'est pas loin (1).

CINQUIÈME AIGLE

Ce héros qui conduit les combattants n'est pas aussi prudent que je l'eusse cru, si, après avoir tué l'un des frères, il laisse la vie à l'autre.

SIXIÈME AIGLE

Il me paraît très imprudent s'il épargne plus

(1) Ancien proverbe.

longtemps ce dangereux ennemi. Regin qui le trahit est couché là-bas et Sigurd ne sait pas comment il doit se défendre contre lui.

SEPTIÈME AIGLE

Qu'il coupe la tête à ce Jote au cœur froid, et qu'il lui enlève ses richesses. Alors tout le trésor que possédait Fafnir sera à lui seul.

SIGURD

Le sort n'a pas décidé que Regin parviendrait à me tuer. Bientôt les deux frères descendront vers Hel.

Sigurd coupa la tête de Regin, mangea le cœur de Fafnir et but le sang de Regin et de Fafnir. Alors Sigurd entendit ce que chantaient les aigles :

Réunis ces anneaux aux rouges reflets ; il ne convient pas à un roi de s'inquiéter de l'avenir. Je connais une femme admirablement belle, toute brillante d'or : ah! si elle pouvait être à toi!

De verts sentiers conduisent vers Giuki. Le destin montre le chemin au voyageur. Le bon roi a une fille ; par le don des fiançailles, Sigurd, tu peux l'acheter.

Sur le haut sommet de Hindarfiall s'élève un burg tout entouré de feu. Des chefs puissants l'ont bâti avec de l'or brillant, flamme des eaux.

Sur le rocher dort la vierge des combats et le feu dompté la lèche doucement. Yggar (1) lui piqua une épine dans son voile, dans le voile de la jeune fille qui voulait tuer des hommes.

Tu peux, ô homme, contempler sous son heaume la vierge que le cheval Wingskornir emporta hors de la mêlée. Nul guerrier ne peut interrompre le sommeil de Sigurdrifa avant que les Nornes y consentent.

Sigurd suivit la trace de Fafnir vers sa demeure. Elle était ouverte, mais la porte et les linteaux étaient en fer. Toute la charpente était aussi de fer et l'or était caché sous terre. Sigurd trouva là un énorme trésor et il en remplit deux coffres. Il prit le casque d'Œgir, la cotte de mailles d'or, et l'épée Hroth et beaucoup de choses précieuses, et il en chargea Grani. Mais le cheval ne voulut point avancer avant que Sigurd se fût remis en selle.

(1) Yggar est un des noms d'Odin.

LE CHANT DE SIGURDRIFA

Sigurd chevaucha vers Hindarfiall; il s'avança dans la direction du sud, du côté du pays des Francs. Sur la montagne il vit une vive lumière comme celle d'un feu qui brûle, et ses lueurs illuminaient le ciel. Quand il approcha, il vit un château fort et sur ce château une bannière. Sigurd entra dans le burg et y aperçut un guerrier qui dormait armé de pied en cap. Il lui enleva d'abord le heaume de dessus la tête et alors il vit que c'était une femme. La cotte de mailles tenait si fort qu'on aurait dit qu'elle était entrée dans la chair. Avec son épée Gram il coupa la cotte de mailles du haut en bas et il la coupa aussi aux deux bras. Puis il l'en dépouilla; mais elle se réveilla, se souleva, vit Sigurd et dit :

Qui coupe ma cotte de mailles? Qui interrompt mon sommeil? Qui me délivre de ses sombres liens?

SIGURD

C'est le fils de Sigmund. L'épée de Sigurd a coupé la cotte de mailles.

SIGURDRIFA

J'ai dormi longtemps ; longtemps le sommeil m'a tenue captive. Longtemps durent les souffrances des humains. Odin a ordonné que je ne pusse point secouer les runes du sommeil.

Sigurd s'assit et demanda son nom. Elle prit une corne pleine d'hydromel et lui donna la boisson de la bienvenue :

Salut, ô jour ! salut, ô fils du jour ! salut, ô nuit, et toi, terre nourricière, salut. Jetez sur nous des regards bienveillants et accordez-nous la victoire.

Salut à vous, Ases, salut à vous, Asinies, salut à toi, campagne féconde. Accordez-nous à nous deux, qui avons un noble cœur, la parole et la sagesse et des mains toujours pleines de guérisons.

Elle s'appelait Sigurdrifa et elle était Walkyrie. Elle raconta comment deux rois se faisaient la

guerre : l'un avait nom Hialmgunnar ; il était vieux,
c'était le plus vaillant des guerriers et Odin lui avait
promis la victoire.

L'autre s'appelait Agnar, frère d'Auda, et personne
ne voulait le protéger. Sigurdrifa tua Hialmgunnar
dans le combat ; mais, pour la punir, Odin la piqua
de l'épine du sommeil et décida qu'à partir de ce
moment elle ne remporterait plus de victoire dans
les combats et qu'elle se marierait. « Mais je lui dis que
je faisais le serment de n'épouser aucun homme qui
connaîtrait la crainte. » — Sigurd lui répondit et la
pria de lui communiquer la sagesse, elle qui connaissait tous les mystères de l'univers. Sigurdrifa parla :

Je t'apporte, ô chêne des combats, de la bière
mêlée de force et de gloire, pleine de chants et
de paroles bienfaisantes, pleine des charmes
qui donnent le bonheur et des runes qui pro-
curent la joie.

Si tu veux triompher, tu graveras des runes
de victoire ; tu en graveras sur la poignée, sur
le dos et sur le plat de l'épée, et tu invoqueras
deux fois le nom de Tyr (1).

Connais les runes de l'oel (2), afin que la

(1) Tyr est le Dieu de la guerre. Les runes dont il
s'agit ici sont des lettres et des signes magiques.

(2) L'oel, ale en anglais, est la boisson de bienvenue
que présentaient les femmes.

femme d'autrui ne trompe point la confiance
que tu mettras en elle. Grave ces runes sur la
corne à boire et sur le dos de la main et marque
ton ongle d'un N.

Bénis la coupe pleine, garde-toi du danger et
mets de l'ail dans ta boisson ; de cette manière,
j'en réponds, jamais dans ton hydromel ne se
mêlera la trahison.

Apprends à connaître les runes secourables,
si tu veux secourir autrui et aider les femmes à
se délivrer de leur fruit. Inscris-les dans le creux
de la main et autour du poignet et invoque la
protection des Disirs (1).

Apprends à connaître les runes de la tempête, si tu veux sauver les vaisseaux dans les
détroits. Grave-les sur l'étambot et brûle-les
dans le gouvernail : quelque hauts que soient les
brisants, quelque noires que soient les lames,
tu reviendras sain et sauf de dessus la mer.

Apprends à connaître les runes des branches,
si tu veux être médecin et si tu veux guérir les
blessures. Grave-les sur l'écorce des arbres du
côté où ces branches sont tournées vers l'orient.

(1) Les Disirs étaient des divinités tour à tour favo-
rables et hostiles aux hommes.

Apprends à connaître les runes du jugement, si tu veux être à l'abri de la vengeance de celui qui est lésé. Réunis-les, entremêle-les et place-les, toutes ensemble, au lieu du Thing, là où tous s'assemblent pour prononcer le jugement suprême.

Apprends à connaître les runes de l'intelligence, si tu veux paraître avoir plus d'esprit que les autres. Celui qui les trouva, les exprima et les grava le premier fut Sigfadir (1); il les puisa dans la rivière qui coulait du crâne de Heiddraupnir (2) et de la corne de Hoddraupnir.

Il se tenait sur le haut de la montagne, son épée étincelante à la main et le casque en tête. Pleine de sagesse, la tête de Mimir prononça sa première parole et indiqua les véritables runes.

Il parla, et elles se gravèrent sur le bouclier du dieu de la lumière, sur l'oreille d'Arwakur et sur le sabot d'Alfwidur (3), sur la roue qui

(1) Odin.
(2) Heiddraupnir et Hoddraupnir sont des surnoms de Mimir. C'est dans la fontaine de Mimir qu'Odin puise la sagesse.
(3) Arwakur et Alfwidur sont les chevaux du soleil.

roule sous le char de Rœgnir (1), sur les dents de Sleipnir (2) et sur les courroies du traîneau ;

Sur les griffes de l'ours, sur la langue de Bragi (3), sur les ongles du loup (4), sur les serres de l'aigle, sur les ailes sanglantes et sur l'extrémité du pont (5), sur la main de qui soulage et sur la trace de qui guérit ;

Sur l'or et sur le verre, sur les amulettes de bonheur, dans le vin et les épices, sur le siège de Wala, sur la pointe de Gungnir et la poitrine de Grani, sur l'ongle de la Norne et sur le bec du Hibou.

Toutes celles qui étaient ainsi découpées furent enlevées, arrosées d'hydromel sacré et envoyées au loin. Les unes sont en la puissance des Ases, les autres en celle des Elfes ; les Wanes en possèdent quelques-unes et les enfants des hommes, d'autres.

Voilà les runes du savoir et les runes secou-

(1) Rœgnir est Odin. Cette roue est encore le soleil.
(2) Sleipnir est le cheval d'Odin.
(3) Bragi est le dieu de l'éloquence et de la poésie.
(4) Ce loup est le loup Fenrir, qui doit vaincre Odin dans le combat suprême à la fin du monde.
(5) Ce pont est Bifrœst, l'arc-en-ciel.

rables, les runes de l'œl et les runes si renom-
mées de la puissance, pour celui qui sans se
tromper sait les employer avec pureté à son
avantage. Apprends à le connaître et laisse-le
agir jusqu'à ce que les dieux meurent.

Maintenant, c'est à toi de choisir, car tu dois
faire un choix, vaillant héros, semblable au
chêne des forêts. Songes-y bien, il faut parler
ou te taire. Tous les actes ont leurs suites né-
cessaires.

SIGURD

Quand je verrais la mort devant moi, je ne
reculerais pas. Je ne suis point né lâche; je sui-
vrai tes bons conseils tant que je vivrai.

SIGURDRIFA

Je te conseille d'abord d'être sans reproche
envers tes amis, même s'ils t'offensent. Sois
lent à te venger; cela, dit-on, plaît aux morts.

Je te conseille ensuite de ne jamais prêter un
serment sans y être fidèle. Des souvenirs amers
enveloppent celui qui manque à sa parole; il
est malheureux l'homme qui trahit son serment.

5

Je te conseille troisièmement, à l'assemblée du Thing, d'éviter les gens qui ne connaissent point le monde. Un imbécile dit souvent des choses pires qu'il ne le croit lui-même.

Avec eux tout offre des inconvénients. Si tu te tais, on dira ou que tu recules par lâcheté, ou que tu es justement accusé.

Le témoignage d'un serviteur est fâcheux quand il en donne un mauvais. Dès le lendemain, enlève-lui la vie et punis ainsi ses mensonges.

Je te conseille quatrièmement si tu rencontres le long du grand chemin une sorcière pleine de méchanceté, de passer plutôt que de t'arrêter près d'elle, quand même tu serais surpris par la nuit. Les enfants des hommes ont besoin d'un clair regard quand il leur faut combattre bravement. Souvent, au bord du grand chemin, de méchantes sorcières sont assises qui ensorcellent et votre esprit et votre épée.

Je te conseille cinquièmement, si tu vois de belles jeunes filles assises sur les bancs, de ne pas te laisser enlever le sommeil par l'argent de leurs parents et de ne pas les attirer dans tes bras.

Je te conseille sixièmement, si tu entends des guerriers se livrer à des paroles avinées, de ne pas te quereller avec eux dans l'ivresse : le vin prive plus d'un de sa sagesse.

Les querelles et l'ivresse ont causé le malheur de bien des héros, l'infortune des uns, la mort des autres ; les souffrances des hommes sont très nombreuses.

Je te conseille, septièmement, si tu as affaire à des hommes courageux, de les combattre plutôt que de périr dans les flammes qu'ils pourraient allumer.

Je te conseille, huitièmement, d'éviter l'injustice et les tromperies, de ne point séduire de jeune fille, et de ne point entraîner au mal la femme d'autrui.

Je te conseille, neuvièmement, de ne point négliger les morts que tu rencontres dans les campagnes, qu'ils aient succombé à la maladie, dans la tempête ou les combats.

Elève un monticule en l'honneur de celui qui a quitté la terre. Lave-lui les mains et la tête. Sèche-le et peigne ses cheveux avant que la bière le reçoive, et prie qu'il dorme heureux.

Je te conseille, dixièmement, d'avoir soin de

ne te point fier à la parole des parents de ton
ennemi, ni de celui dont tu as frappé le frère ou
tué le père. Un loup vit au cœur de son jeune
fils, quoiqu'on l'ait satisfait avec de l'or.

Ne crois point que l'esprit de haine et de colère s'endorme ou qu'on oublie jamais l'injure
reçue. Que celui qui veut être le premier de
tous sache choisir ou l'habileté ou la force.

Je te conseille, onzièmement, de surveiller le
méchant et de regarder quel chemin il veut
prendre. Je ne crois pas que ta vie, ô roi, se
prolonge longtemps : une noire trahison se prépare.

Sigurd dit : « Il n'y a point de femme qui en sache
autant que toi, et je le jure, je veux que tu sois à
moi, car tu es comme je le désire. » Elle répondit :
« C'est toi que je préfère et nul autre, quand j'aurais
à choisir parmi tous les hommes. » Et leurs serments
confirmèrent ces paroles.

TROISIÈME CHANT DE SIGURD

VAINQUEUR DE FAFNIR

Et il advint que Sigurd alla visiter Giuki. Le descendant de Wolsung revenait du combat ; Il fit alliance avec les deux frères, et ces hommes intrépides se jurèrent amitié.

Et on lui donna une vierge, la jeune Gudrun, la fille de Giuki, et une quantité d'or. Pendant plus d'un jour le jeune Sigurd et les fils de Giuki burent ensemble en toute confiance.

Jusqu'à ce qu'ils partirent pour conquérir Brynhild (1). Ils prièrent Sigurd de les accompagner parce que le jeune descendant de Wol-.

(1) Brynhild n'est autre que Sigurdrifa ; mais ce dernier nom est celui qu'elle portait comme Walkyrie.

sung connaissait les chemins. Elle aurait été à lui, si le destin l'avait permis.

Sigurd l'homme du Sud (1) place son épée, cette arme brillante, sur le lit entre eux deux. Le chef des Hiunen (2) ne baise point la reine, et ne la prend point dans ses bras. Il donne la jeune fille à l'héritier de Giuki.

La belle vierge était sans reproche et son corps sans souillure. On ne pouvait trouver en elle rien à reprendre, mais des Nornes enne-mies intervinrent.

Le soir tombe, et seule elle est assise dehors, et elle se prend à parler tout haut : « Je veux mourir ou presser dans mes bras Sigurd, le beau jeune homme. Mais non, je me repens de cette parole imprudente; Gudrun est sa femme,

(1) Le chant islandais trahit l'origine allemande de la tradition en appelant Sigurd *inn Sudhraeni*, l'homme du Sud. Il l'était en effet par rapport aux pays scandi-naves.

(2) Ces Hiunen, *Húnar*, signifient, d'après les com-mentateurs, la tribu germaine dont Sigurd était le chef. Mais ce nom ne rappelle-t-il pas plutôt les véritables Huns dont le nom est employé dans le Nord tout sim-plement pour signifier une nation puissante en Alle-magne?

et je suis celle de Gunnar. Des Nornes hostiles nous causent de longs tourments. »

Souvent, vers le soir, l'âme déchirée, elle erre sur la neige et les champs de glace, tandis que Sigurd va reposer à côté de Gudrun, et que le noble chef reçoit dans sa couche sa femme charmante.

Pleine de colère, elle excite les princes au meurtre : « Désormais, Gunnar, tu dois renoncer à moi et à mes terres. Près de toi, ô roi, j'ai cessé d'être heureuse.

» Je veux retourner dans ma patrie, vers mes amis et mes parents, et là je veux finir ma vie dans la solitude, si tu ne tues point Sigurd, et si tu ne commandes pas à cent autres chefs en t'en faisant craindre.

» Que le fils disparaisse avec le père ; il serait peu sage d'épargner le rejeton du loup. Tant que vit le fils, quel est l'homme qui peut croire que, par le rachat du meurtre, il ait satisfait la vengeance ? »

Gunnar devint sombre et son âme s'emplit de tristesse. Il demeura tout le jour silencieux sans savoir à quoi se résoudre. Il ne parvenait pas à voir ce qu'il lui convenait de faire et ce qui va lait le mieux pour lui. Il songeait à la mort du descendant de Wolsung, et il ne pouvait se consoler de la perte de Sigurd.

Indécis, il s'arrêta aussi longtemps à l'une qu'à l'autre résolution. Il était bien rarement arrivé qu'une femme renonçât à la dignité de reine. Il fit appeler Hogni pour consulter avec lui ; car il avait pleine confiance en lui.

GUNNAR

« Brynhild, la fille de Budli, m'est plus chère que tout au monde, elle, la plus noble des femmes. Je préfère quitter la vie plutôt que de renoncer à sa beauté et à ses trésors.

» Nous aideras-tu, Hogni, à tuer le héros ? Il est bon de posséder l'or du Rhin, de disposer de ce riche trésor suivant son plaisir et de jouir en paix du bonheur. »

Mais Hogni lui répondit : « Nous ne pouvons commettre ce crime de violer avec le fer nos serments, nos serments solennels et la foi jurée.

» Personne sur la terre n'est aussi heureux que nous quatre, qui gouvernons ici les peuples, tandis que le chef des Hiunen vit avec nous, et

nul n'a une parenté aussi dévouée. Si, nous
cinq, nous élevons des fils, nous pourrons
vaincre les descendants des dieux.

» Je vois bien d'où vient la route que tu suis.
Brynhild te tourmente ; tu ne peux la satisfaire.

» Poussons Guthorm notre jeune frère à accomplir le meurtre ; son esprit est encore
faible. Il n'a point eu de part à nos serments, à
nos serments solennels ni à la foi jurée. »

Il était facile d'entraîner le jeune imprudent.
Le fer est fixé dans le cœur de Sigurd.

Le héros se soulève sur sa couche pour se
venger ; il lance son épée vers le meurtrier au
cœur de loup. L'arme terrible vole des mains
puissantes du roi vers Guthorm.

Le coup a fendu en deux l'ennemi qui s'af-
faisse. La tête et les mains sont jetées d'un côté ;
de l'autre, les jambes tombent sur le sol.

Sans souci, Gudrun reposait sur la couche à
côté de Sigurd. Son réveil est sans joie ; elle est
baignée dans le sang de l'ami de Freyr.

Elle se frappe les mains l'une contre l'autre
si violemment que le héros se lève sur son lit :
« Ne t'irrite point, Gudrun, si terriblement. Tes
frères vivent encore, ô ma jeune épouse.

» J'ai un fils trop jeune encore pour fuir seul loin de la demeure de ses ennemis. Les princes ont tramé nuitamment, à la lune nouvelle, de noirs, d'odieux complots.

» Quand tu aurais sept fils, jamais ils n'auront un neveu qui chevauche aussi bravement vers le champ de bataille. Je sais bien qui a préparé le crime : c'est Brynhild seule qui a tout fait.

» La vierge me préférait à tout autre homme. Mais je n'ai point trahi Gunnar. J'ai respecté mon serment envers mon allié, et pourtant on m'appelait l'amant de sa femme. »

Gudrun soupira ; le roi mourut. Elle se frappa les mains l'une contre l'autre, si violemment que les verres résonnèrent sur les planches où ils étaient posés et que les oies crièrent aigrement dans la basse-cour.

Et Brynhild, la fille de Budli, se mit à rire cette fois encore de toute son âme, quand les cris perçants de la fille de Giuki pénétrèrent jusque dans sa chambre.

Gunnar, le maître des faucons, parla : « O femme avide de sang, ne ris pas ainsi joyeusement dans notre salle comme si le meurtre te

causait de la joie. Comme tes belles couleurs
s'en vont ! toi qui as causé la mort, on dirait
que tu vas mourir.

» Tu mériterais que, sous tes yeux, nous
tuions Atli, afin que tu puisses voir les sanglantes blessures de tes frères, sanglantes blessures que tu pourrais alors panser. »

Brynhild, la fille de Budli, parla : « Qui t'accuse, Gunnar? Tu t'es bien vengé. Tes menaces n'inquiètent guère Atli : il vivra plus
longtemps que toi, et sa puissance sera plus
grande.

» Laisse-moi te le dire, Gunnar, et tu ne
l'ignores pas, combien vite tu étais prêt à commettre l'action (1). Jeune encore, j'étais assise
sans soucis dans la demeure de mon frère, avec
mon riche trésor.

» Je n'avais nul besoin qu'un homme m'offrît
la *morgengabe*, quand vous apparûtes dans
notre *Gard* sur vos coursiers, vous trois, chefs
des guerriers. En vérité, je n'eus pas à me réjouir de votre arrivée.

(1) Ce mot peut se rapporter au meurtre de Sigurd,
mais il rappelle plutôt l'artifice employé pour obtenir
Brynhild.

» Je m'étais fiancée au chef qui était assis sur le dos de Grani avec son or. Il n'avait pas tes yeux, il n'avait rien de ton visage, quoique tu pusses aussi avoir l'apparence d'un roi.

» Atli me dit, à moi, jeune fille, qu'à moins que je ne prisse un époux, il ne me donnerait la moitié ni du patrimoine, ni de l'or, ni de la puissance, et que je n'aurais rien des trésors conquis par Budli, ni de l'or que mon père m'avait déjà donné à moi, son enfant.

» Ma volonté demeura indécise entre les deux partis que je pouvais prendre. Devais-je me lancer dans les combats et tuer les guerriers, revêtue de mon bouclier éclatant (1), à cause de l'injustice de mon frère? On l'eût appris avec terreur, et le courage de maint guerrier en eût été abattu.

» Atli et moi, nous nous entendîmes. L'or rouge et les anneaux brillants qu'apportait Sigurd m'attiraient. Je ne désirais pas les trésors d'un autre chef. J'en aimais un seul et nul autre; mon cœur de jeune fille n'était pas changeant.

_____

(1) En sa qualité de Walkyrie.

» Atli se souviendra de tout cela, quand il
apprendra la mort de sa sœur. Car jamais une
femme qui a de nobles sentiments ne voudra
vivre longtemps avec un autre que son époux.
Mes tourments seront bientôt vengés. »

Gunnar se leva, le chef des armées, et il jeta
les bras autour du cou de sa femme, et tous
accoururent pour arrêter celle-ci dans son funeste projet.

Mais elle repoussa tout le monde loin d'elle,
et ne se laissa pas détourner du long voyage.

Gunnar appela Hogni pour le consulter :
« Que tes hommes et les miens se réunissent
dans cette salle, le danger nous presse, pour
essayer d'empêcher la reine de se donner la
mort, jusqu'à ce qu'elle abandonne sa résolution. Après, il en adviendra ce qui pourra. »

Mais Hogni, répondit : « Personne ne la détournera du long voyage, et jamais elle ne re-
naîtra (1). Quand elle est née, déjà sur les genoux de sa mère, elle était vouée à la souffrance ; elle est venue au monde pour le mal et
pour le malheur de plus d'un guerrier. »

(1) Ceux qui se tuaient eux-mêmes n'étaient pas appe-
lés à renaître.

Plein de soucis, le héros interrompit l'entretien pour se rendre auprès de la reine qui, parée de ses joyaux, distribuait ses richesses. Toutes ses suivantes, les femmes et les jeunes filles, étaient rangées autour de ces trésors.

Elle se revêtit de sa cotte de mailles d'or (1), son âme était sombre, et elle se perça d'une épée acérée. Elle s'affaissa de côté sur des coussins. Le fer encore dans la blessure, elle songea à ce qu'il lui fallait faire :

« Qu'elles viennent vers moi, celles qui veulent recevoir de l'or ou d'autres objets précieux. Je donne à qui veut un collier d'or rouge, des joyaux, des vêtements et un riche manteau (2). »

Toutes se turent et se prirent à réfléchir jusqu'à ce que, enfin, toutes répondirent à la fois : « Il y a déjà assez de cadavres ! Nous voulons vivre encore et demeurer au service, ainsi qu'il nous convient. »

La jeune femme, vêtue de ses vêtements écla-

(1) Brynhild veut mourir en Walkyrie afin d'être reçue dans la Walhalla.

(2) Elle désire les engager à se tuer avec elle, pour arriver dans la Walhalla avec une suite imposante.

tants, sortit de ses réflexions profondes et dit :
« Nulle ne doit, pour me complaire, mourir
malgré elle.

» Mais, si jamais les richesses et les joyaux
vous poussent à venir me visiter, votre corps
resplendira moins de l'éclat de l'or, de la poudre
de Menja.

» Assieds-toi, Gunnar, je veux te parler, moi,
ta femme resplendissante qui suis fatiguée de
vivre.

» Ton navire ne demeurera pas arrêté dans
le détroit, quoique je perde la vie.

» Plus tôt que tu ne peux le croire, Gudrun
s'apaisera. L'adroite reine, aux côtés du roi,
nourrit de sombres pensées en songeant à son
époux mort.

» Une vierge naîtra, et sa mère l'élèvera.
Swanhilde sera plus belle que le jour brillant,
plus belle que le rayon du soleil.

» Tu accorderas Gudrun à un héros qui fera
périr plus d'un guerrier à coups de flèche. Elle
ne se mariera pas au gré de ses désirs. Atli,
mon frère, fils de Budli l'épousera.

» Je réfléchis maintenant à tout ce que vous
m'avez fait, quand vous m'avez trompée par

vos ruses. Depuis lors, j'ai vécu sans joie et sans bonheur.

» Tu voudras posséder Oddrun, et Atli se refusera à te l'accorder pour épouse. Mais vous vous rencontrerez en secret, et elle t'aimera comme je t'aurais aimé, si les Nornes hostiles ne s'y étaient opposées.

» Atli t'infligera une dure peine; il te jettera dans les fosses aux serpents.

» Mais bientôt après le destin ennemi atteint aussi Atli. Son bonheur est détruit : il perd la vie. Gudrun, la femme désespérée, pleine de fureur, le tue avec l'épée dans son lit.

» Il vaudrait mieux que notre sœur montât aujourd'hui sur le bûcher de son époux et maître, si les esprits sages lui donnaient un bon avis ou si elle avait un cœur comme le nôtre.

» Déjà, je parle avec peine. Mais notre inimitié ne fera pas succomber Gudrun. Portée par les vagues soulevées, elle abordera aux rivages escarpés de Jonakur.

» Ils ne s'entendent point, les fils de Jonakur. Elle envoie hors du pays Swanhilde, la fille qu'elle avait eue de Sigurd. Les conseils de Bikki amènent sa mort, car le malheur poursuit la race de Jörmunrek. Ainsi finit tout entière la race de Sigurd et le désespoir de Gudrun en devient plus grand (1).

» Je t'adresse encore une prière, c'est la dernière que je te fais en ce monde. Élève dans la campagne un bûcher assez grand pour nous recevoir nous tous qui mourrons avec Sigurd.

» Entoure ce bûcher de boucliers et de draperies, de riches linceuls funéraires et de la foule des morts, et qu'on brûle à mes côtés le chef des Hiunen.

» Qu'on brûle à mes côtés, d'une part, le chef des Hiunen ; de l'autre, mes serviteurs ornés de leurs riches joyaux, deux à la tête, deux aux pieds ; deux chiens en plus et deux faucons : ainsi tout sera également réparti (2).

(1) Les prédictions de Brynhild se rapportent ici à des événements qui n'ont point trouvé place dans la tradition d'où est sorti le *Nibelunge-nôt*. Mais ces événements formaient un cycle poétique, dont Ermanrik était le centre. Ce cycle était aussi répandu que celui de Sigurd, comme nous le voyons dans Jornandès, *de Rebus Geticis*, cap. XXIII.

(2) L'original est incomplet, et ne porte que « deux à la tête et deux faucons ». Nous traduisons d'après la restitution de Grimm adoptée par la plupart des traductions allemandes.

6

» Mais qu'on place entre nous deux la brillante épée, le fer acéré, comme lorsque nous partageâmes la même couche, et qu'on nous donne le nom d'époux.

» Ainsi, les portes de la Walhalla, toutes resplendissantes, ne se fermeront pas sur le prince, quand ma suite marchera derrière lui. Notre voyage ne se fera pas pauvrement.

» Car le suivront cinq de mes vierges et huit serviteurs de noble origine, mes sœurs de lait et mes hommes-liges que Budli donna à sa fille.

» Je parlerais encore, j'en dirais bien davantage si le destin m'accordait plus de temps; mais ma voix s'éteint, mes blessures se gonflent. Aussi sûr que je meurs, je n'ai dit que la vérité. »

SECOND CHANT DE BRYNHILD

(FRAGMENT)

La flamme s'élançait, la terre tremblait et les langues de feu s'élançaient jusqu'au ciel. Nul parmi les plus braves n'osait s'avancer au milieu des flammes.

Sigurd dirige Grani avec son épée. Le feu s'éloigne du chef; les flammes s'abaissent devant le héros. L'arme qu'avait possédée Regin lance des éclairs...

Sigurd quitte la salle où l'on se réunit pour monter dans l'appartement supérieur. Il s'irrite, et sa colère est si grande que sa cotte de mailles, l'ornement des jours de combat, se brise sur sa poitrine (1).

(1) Ces trois strophes ne se trouvent point dans l'*Edda*, et n'ont été conservées que dans la *Wolsunga-Saga*. Les

HOGNI

« Pourquoi te prépares-tu au meurtre et à la vengeance, ô Gunnar, fils de Giuki? Qu'a donc commis de si grave Sigurd, pour que tu veuilles lui enlever la vie? »

GUNNAR

« Sigurd m'a juré son serment, il m'a juré et il l'a trahi. Il m'a indignement trompé, tandis qu'il devait respecter sa promesse. »

HOGNI

« C'est Brynhild, au cœur dur, qui te pousse à commettre ce crime. Elle est jalouse du mariage qu'a fait Gudrun, et elle n'est pas heureuse d'être ton épouse. »

Ils firent rôtir de la chair de loup, ils découpèrent des serpents et donnèrent à Guthorm cette nourriture féroce avant, qu'avides de sang, ils osassent porter la main sur le noble guerrier.

Sigurd succomba du côté du sud, aux bords du

deux premières se rapportent au moment où Sigurd, monté sur Grani, franchit la ceinture de flammes, le *wafrlogi*, qui entoure le burg de Brynhild.

Rhin. Du haut d'un arbre un corbeau s'écria :
« Atli rougira le fer dans votre sang. Assassins,
vous porterez la peine de la foi violée. »

Gudrun, la fille de Giuki, était dehors, et voici
la première parole qu'elle dit : « Où est donc
maintenant Sigurd, le chef victorieux ? D'où
vient que les princes chevauchent en avant ? »

Hogni seul répondit : « Nous avons tué
Sigurd avec l'épée. Grani le cheval gris porte la
tête basse sur le corps du roi son maître. »

Brynhild, la fille de Budli, parla : « Vous
régnerez maintenant sur les terres et sur les
guerriers. Le chef des Hiunen en eût été le seul
maître, si vous l'aviez laissé vivre plus longtemps.

» Il ne fallait pas que Sigurd régnât sur
l'héritage de Giuki et sur les guerriers goths, ce
qui serait advenu s'il avait élevé cinq fils avides
de combats et prêts à soumettre les peuples. »

Et Brynhild se prit à rire, cette fois de tout
cœur ; le burg en retentit : « Puissiez-vous
régner longtemps sur les terres et sur les
hommes, maintenant que vous avez tué le plus
vaillant des rois ! »

Gudrun, la fille de Giuki, parla : « Tu te réjouis d'une manière odieuse du crime commis. Les mauvais esprits s'empareront du cœur de Gunnar. La vengeance atteint à la fin les âmes cruelles. »

Le soir était venu : on avait beaucoup bu et l'on avait échangé maintes paroles joyeuses. Tous s'endormirent sur leur couche ; seul, Gunnar veille.

Il s'agite, il remue les pieds, il réfléchit en lui-même. Le chef des guerriers songe profondément à ce qu'ils se disaient entre eux, l'aigle et le corbeau, alors qu'il regagnait sa demeure.

Avant le jour, Brynhild s'éveilla, la fille de Budli, l'enfant des rois. — « Maintenant fais ce que tu voudras, le crime est accompli. Parler ou me taire me fait également souffrir.

» Pendant mon sommeil, Gunnar, j'ai vu des choses horribles. Dans la salle, tout était mort, et moi je dormais dans ma couche solitaire et froide, tandis que toi, ô roi, plein de soucis et les pieds enchaînés, tu chevauchais au milieu des bandes ennemies. Ainsi tombera la puissance de la race de Niflungen, car vous avez violé vos serments.

» Avez-vous donc entièrement oublié, ô

Gunnar, comment, en signe de fraternité, vous fîtes couler réciproquement votre sang dans les empreintes de vos pas ! Vous l'avez bien mal récompensé, ce héros, de la valeur qu'il déployait toujours au premier rang.

» Lorsque le vaillant chef vint chevauchant, afin de me conquérir pour vous, il fit bien voir, le victorieux, qu'il voulait garder sa promesse envers le jeune roi sans le trahir.

» Le noble chef plaça entre nous deux son épée ornée d'or. Elle lançait au loin des flammes ; mais elle était trempée dans le poison. »

Tous se turent en entendant ces paroles. Nul n'approuvait la conduite de cette femme, qui parlait en gémissant du crime auquel elle avait poussé ces guerriers en riant.

Ici le *lied* parle de la mort de Sigurd, et il semblerait qu'ils l'ont tué hors du burg. D'autres disent qu'ils l'ont frappé tandis qu'il dormait dans son lit. Mais des hommes originaires d'Allemagne racontent qu'il a été tué dans la forêt. Il est dit aussi, dans un ancien *lied* de Gudrun, que Sigurd et les fils de Giuki se rendaient au Thing, quand ils l'assassinèrent. Mais tous s'accordent à affirmer qu'ils le trompèrent odieusement et qu'ils le tuèrent, quand il était couché et sans défense.

DESCENTE DE BRYNHILD

VERS LE ROYAUME DE HEL

Après la mort de Brynhild, on fit deux bûchers : le premier pour Sigurd qui fut brûlé d'abord ; le second pour Brynhild qu'on brûla après. Et elle était sur un char qui était recouvert d'étoffes funéraires. On raconte que sur ce char Brynhild prit le chemin de Hel et arriva près de la demeure d'une géante. La géante parla :

« Loin d'ici ! Ne traverse pas ma résidence bâtie en quartiers de roc. Il aurait mieux valu pour toi broder des galons que désirer l'époux d'une autre femme.

» Que viens-tu chercher ici, dans ma demeure,

créature avide, femme du Walland (1)? Si tu
tiens à le savoir, Walkyrie à la cuirasse d'or,
bien des fois tu t'es lavé les mains dans le sang
des guerriers. »

BRYNHILD

« Ne me reproche pas, ô femme qui habites
parmi les rochers, d'avoir combattu dans les
batailles. Si l'on comparait notre dignité, je
l'emporterais sur toi de beaucoup. »

LA GÉANTE

« Tu es Brynhild, la fille de Budli, venue au
monde à une heure funeste. Par ta faute péri-
ront les fils de Giuki, et cette haute famille sera
anéantie. »

BRYNHILD

« Du haut de mon char, moi, qui sais, je te
dirai, à toi, stupide, si tu veux l'entendre, comment les fils de Giuki me firent perdre celui que
j'aimais et manquer à mes serments.

(1) *Af Vallendi* signifie le pays wallon, la contrée des
Wallen ou Walschen. Par cette désignation géographique
très vague, le *lied* scandinave entendait sans doute un
pays situé au sud, sur les bords du Rhin.

» Le vaillant roi fit porter nos chemises à nous, huit sœurs, sous ces chênes (1). Je comptais douze hivers, si tu veux le savoir, quand j'engageai ma foi au jeune héros. Partout, dans Hlymdalir, on m'appelait Hilde sous le heaume (2).

» Je fis descendre vers Hel Hialmgunnar, le vieux chef des Goths, et je donnai la victoire au jeune frère d'Auda. Je provoquai ainsi la colère d'Odin contre moi.

» Il m'entoura de boucliers dans Skatalund, de boucliers blancs et rouges, dont les bords me pressaient. Il ordonna que celui-là seul m'éveillerait de mon sommeil, qui jamais n'aurait connu de crainte.

» Autour de ma résidence, située vers le sud, il fit brûler le feu qui dévore le bois. Celui-là seul devait traverser la flamme qui m'apporterait l'or sur lequel Fafnir était couché.

» Celui qui savait bien distribuer l'or chevau-

_____

(1) Il la fit devenir ainsi Walkyrie.

(2) C'est-à-dire Walkyrie. — Hylde était la déesse de la guerre. On se figurait les Walkyries revêtues de chemises blanches ou semblables à des cygnes. Hlymdalir est la vallée où résidait Helmir.

cha sur Grani, vers les demeures de mon tuteur.
Il me parut le plus vaillant des hommes, ce
chef des Dânen, avec son allure digne d'un
héros.

» Heureux, nous reposâmes sur la même
couche comme s'il avait été mon frère. Durant
huit nuits, aucun de nous deux n'avança son
bras vers l'autre.

» Et pourtant, Gudrun, la fille de Giuki, m'a
accusée d'avoir dormi dans les bras de Sigurd (1).
Je m'aperçus alors que, malgré moi, j'avais été
trompée lors de mon mariage avec Gunnar.

» Trop longtemps encore des hommes et des
femmes naîtront pour leur malheur. Mais Sigurd
et moi nous ne serons plus jamais séparés.
Rentre sous terre, fille des géants ! »

(1) On voit paraître ici la tradition de la querelle de
Brynhild et de Gudrun, dont le *troisième chant de Sigurd*
ne fait pas mention, mais qui occupe une si grande place
dans le *Nibelung-nôt*. Dans là *Wolsunga-Saga* et dans
l'*Edda* en prose, la querelle des deux reines commence
tandis qu'elles se baignent dans le fleuve pour s'y laver
les cheveux.

PREMIER CHANT DE GUDRUN

Gudrun était assise penchée sur le corps de Sigurd. Elle ne pleurait pas comme font les autres femmes; mais la douleur faisait presque éclater sa poitrine. Des hommes et des femmes s'approchèrent pour la consoler; mais cela n'était point facile. On rapporte que Gudrun avait mangé du cœur de Fafnir, et que depuis lors elle comprenait le langage des oiseaux. Voici ce qu'on raconte encore de Gudrun :

Et il advint que Gudrun désirait mourir, tandis que, pleine de soucis, elle était assise, penchée sur Sigurd. Elle ne gémissait pas, elle ne frappait point ses mains l'un contre l'autre, elle ne pleurait pas comme font les femmes.

Des chefs s'approchèrent avec compassion pour adoucir son désespoir sombre. Gudrun était si affligée, qu'elle ne pouvait pas pleurer. De douleur, son cœur était près de se briser.

De nobles femmes, compagnes des héros, parées de joyaux d'or, étaient assises près de Gudrun. Chacune d'elles racontait les épreuves les plus dures qu'elle avait subies.

Giaflog, la sœur de Giuku, parla d'abord : « Je me considère comme la plus affligée qui soit au monde. J'ai perdu cinq époux, deux filles, trois fils et huit frères : seule, je survis. »

Mais, à cause de sa douleur, Gudrun ne pouvait point pleurer, tant elle était affligée de la mort de son époux, désespérée du meurtre du roi.

Alors parla Herborg, la reine du Hiunenland : « J'ai à rappeler de bien plus grands malheurs. Mes sept fils et mon époux, le huitième, sont tombés sous le fer ennemi dans les pays du sud.

» La tempête fit périr, dans les flots, mon père, ma mère et quatre frères ; les vagues brisèrent les bordages de leur navire.

» Je fus obligée de leur rendre moi-même les honneurs funéraires et de préparer leur voyage vers le royaume de Hel. J'ai éprouvé toutes ces

pertes dans l'espace d'une demi-année, et personne ne m'apporta de consolation.

» Avant la fin de cette même demi-année, je
fus faite prisonnière et enchaînée. Chaque matin,
je devais préparer les ornements et attacher les
chaussures de la femme du Jarl.

» Par jalousie, elle me menaçait sans cesse
et me frappait durement. Jamais je ne vis
maître aussi bon ni aussi méchante maîtresse. »

Mais, à cause de sa douleur, Gudrun ne pouvait point pleurer, tant elle était affligée de la
mort de son époux, désespérée du meurtre du
roi.

Alors parla Gullrond, fille de Giuki : « Quoique
tu saches beaucoup de choses, ô tutrice, tu ne
sais pas comment il faut adoucir la douleur
d'une jeune épouse. » Et elle fit découvrir le
corps du héros.

Elle enleva le linceul qui cachait Sigurd, et
posa sa tête sur les genoux de sa femme : « Regarde ton bien-aimé et pose ta bouche sur ses
lèvres, et embrasse-le comme tu faisais quand
il vivait encore. »

Un instant seulement, Gudrun leva les yeux :
elle vit la chevelure du chef raidie par le sang,

les yeux brillants du roi sans regard, et son cœur, le siège du courage, transpercé.

La reine tomba en arrière sur les coussins du siège. Ses cheveux se dénouèrent, ses joues rougirent, et un torrent de larmes inonda ses genoux.

Alors elle pleura, Gudrun, la fille de Giuki, et un flot de larmes ininterrompu coula de ses yeux, et les oies que possédait la reine crièrent dans la cour, ces nobles oiseaux (1).

Gullrond, la fille de Giuki, dit : « Je vois en toi l'amour le plus fort, qui jamais exista sur la terre. O ma sœur, tu ne trouvais de joie nulle part, si ce n'est aux côtés de Sigurd. »

Gudrun, la fille de Giuki, parla : « Comme l'ail altier s'élève au-dessus des herbes, comme sur un baudrier brille une pierre précieuse enchâssée dans l'or ; ainsi, parmi les chefs, près des fils de Giuki, brillait mon Sigurd.

» Et moi aussi je paraissais aux guerriers du

(1) Dans l'économie domestique du Nord, les oies étaient un objet important, et les filles des rois ne dédaignaient pas d'en prendre soin. L'oie de Noël, à laquelle en Angleterre on attache tant de prix, rappelle encore ce trait des mœurs primitives des Germains et des Scandinaves.

roi supérieure aux Dises de Herian (1). . .Et maintenant, depuis que le roi est mort, je suis moins qu'une branche morte que la tempête brise dans la forêt.

» Sur mon banc et dans mon lit, il me manque l'ami avec qui je m'entretenais. Les fils de Giuki ont fait mon malheur ; oui, les fils de Giuki ont causé à leur sœur d'amères souffrances.

» En étant infidèle à vos serments, vous avez fait du pays un désert. Mais, Gunnar, tu ne jouiras pas de cet or ; ces anneaux d'or rouge te coûteront la vie, parce que tu avais fait serment d'amitié à Sigurd.

» Il y avait souvent plus de joie à la cour que le jour où mon Sigurd sella Grani, et où ils partirent afin de conquérir, pour notre malheur, Brynhild, cette femme perfide. »

Brynhild parla, la fille de Budli : « Qu'elle soit privée de ses enfants et de son mari, Gudrun, celle qui t'a fait verser des larmes et prononcer, dès le matin, ces tristes paroles. »

(1) Herian est le nom d'Odhin en tant qu'il règne dans la Walhalla, et les Dises reçoivent les guerriers morts en combattant. Gudrun veut dire qu'elle paraissait supérieure même aux Walkyries.

Gullrond, fille de Giuki, parla : « Cesse de parler, ô toi qui es haïe de tout l'univers entier. Tu as toujours été pour les guerriers une cause d'infortune. Les vagues du malheur t'apportent toujours avec elles. Tu as amené la mort de sept rois, et tu as anéanti la joie de bien des femmes. »

Alors Brynhild, fille de Budli, dit : « C'est Atli, mon frère, le fils de Budli, qui est la cause de tous ces malheurs.

» Nous étions assis dans le palais des Hiunen, quand nous vîmes le prince et son or, cet or brillant de Fafnir. Depuis, j'ai payé cher sa visite et l'instant où je l'aperçus, et je le vois encore toujours. »

Elle se tenait près du pilier en bois d'aulne : elle le saisit. Les yeux de Brynhild, fille de Budli, lancèrent des flammes, et du poison sortit de sa bouche quand elle vit les blessures de Sigurd.

Gudrun se retira dans les forêts et dans les solitudes et arriva jusqu'en Danemark. Elle demeura là avec Thora, fille de Hakon, pendant sept demi-années. Brynhild ne voulut plus vivre après la mort de Sigurd. Elle fit égorger huit de ses serviteurs et cinq de ses suivantes, puis elle s'enfonça une épée dans le corps, comme cela est raconté dans le plus court des *Chants de Sigurd*.

MORT DES NIFLUNGEN

Alors Gunnar et Hogni prirent tout l'or, l'héritage de Fafnir. Les Giukungen et Atli devinrent ennemis, parce que celui-ci leur reprochait d'être cause de la mort de Brynhild. Cependant ils se réconcilièrent et les Giukungen donnèrent à Atli Gudrun en mariage. Mais pour qu'elle consentît à accepter cet époux, ses frères lui donnèrent à boire le breuvage qui fait oublier. Erp et Eitil étaient les fils d'Atli; Swanhilde était la fille de Sigurd et de Gudrun. Le roi Atli invita Gunnar et Hogni et leur envoya Wingi ou Knefrod. Gudrun soupçonna quelque trahison et leur écrivit en runes de ne pas venir, et comme confirmation elle envoya à Hogni l'anneau *Andwara-naut*. Gunnar avait tenté d'obtenir Oddrun, la sœur d'Atli, mais il n'avait pas réussi. Il épousa alors Glomvra, et Hogni, Kostbera. Leurs fils furent Solar, Snawar et Giuki. Quand les Giukungen arrivèrent auprès d'Atli, Gudrun dit à ses fils de demander qu'on leur laissât la vie ; mais ses fils s'y refusèrent. A Hogni on arracha le cœur de la poitrine ; Gunnar fut jeté dans la tour aux serpents. Il joua de la harpe et endormit tous les serpents, sauf une vipère qui le mordit jusque dans le foie.

DEUXIÈME CHANT DE GUDRUN

(GUDHRUNARKVIDHA ONNUR)

Le roi Thiodrek était près d'Atli et avait perdu la plupart de ses hommes. Thiodrek et Gudrun se confiaient leur douleur l'un à l'autre. Elle lui parla et chanta :

Ma mère m'éleva, moi, la vierge des vierges, dans des salles brillantes. J'aimais mes frères, jusqu'à ce que Giuki, me couvrant d'or, me donna à Sigurd.

Près des fils de Giuki, Sigurd était semblable à une noble plante qui s'élève au-dessus des herbes, à un cerf superbe parmi des lièvres, ou à de l'or aux rouges reflets, à côté de l'argent à la couleur grisâtre.

Ainsi fut-il jusqu'à ce que mes frères devinssent jaloux de mon époux, le premier des guerriers. Ils ne pouvaient ni se reposer, ni juger les contestations avant qu'ils eussent tué Sigurd.

J'entendis résonner les sabots de Grani qui revenait ; mais je ne vis pas Sigurd lui-même. Tous les chevaux avaient le flanc ensanglanté par l'éperon ; poussés par les assassins, ils étaient blanchis d'écume.

L'âme affligée, j'allai parler à Grani, et, les joues humides de pleurs, j'interrogeai le cheval. Grani courba la tête jusqu'à terre : il savait bièn que son maître était mort.

J'hésitai longtemps ; mon cœur faiblit avant de demander au chef des peuples où était Sigurd.

Gunnar baissa la tête ; mais Hogni me dit, au sujet de la mort de Sigurd : « Il gît assassiné de l'autre côté du fleuve. Celui qui a tué Guttorm est en proie aux loups.

» On peut voir le corps de Sigurd sur le chemin du sud. On entend crier les corbeaux, les faucons joyeux battent de l'aile et les loups hurlent à l'entour du héros. »

— « Comment, ô Hogni, as-tu pu m'apprendre

à moi, malheureuse, une si triste nouvelle ? Personne ne te recevra, et les corbeaux te dévoreront le cœur sur une terre lointaine. »

Hogni répondit à cette femme, aigrie par la douleur : « O Gudrun, ton désespoir serait plus grand encore, si les corbeaux devaient dévorer mon cœur. »

Je m'éloignai d'eux, et j'allai seule rassembler les débris du festin des loups. Je ne gémissais pas, je ne frappais pas mes mains l'une contre l'autre, je ne pleurais pas comme font les femmes, tandis que j'étais assise, inerte, près du corps de Sigurd.

La nuit me parut noire comme une sombre nuit de nouvelle lune, tandis que j'étais assise, pleine de douleur, à côté de Sigurd. Les loups eussent été les bienvenus, s'ils étaient venus me délivrer de la vie ; j'aurais voulu qu'on me brûlât comme on brûle le bois de bouleau.

Je m'éloignai du lieu du meurtre. Après cinq jours, j'arrivai près des hautes demeures de Half. Je demeurai sept demi-années près de Thora, la fille de Hakon, en Danemark.

Pour me distraire, elle broda en or des palais d'Allemagne et des rois du Danemark.

Nous représentâmes en broderies les combats guerriers, et, avec l'aiguille, nous dessinâmes des héros aux boucliers rouges et toute une superbe troupe de Hiunen, bien armés et le heaume en tête.

Les vaisseaux de Sigmund s'éloignent du rivage avec leur poulaine dorée et leur poupe bien ornée. Nous brodâmes aussi les hauts faits de Sigar et de Siggeir au sud du Fife.

Grimhild, la princesse des Goths, entendit combien j'étais accablée de mon malheur. Elle se leva de sa couche, et appela ses fils et les interrogea anxieusement pour savoir qui offrirait à leur sœur une composition pour la mort de son époux, le fils de Sigmund.

Gunnar offrit de lui donner de l'or pour apaiser sa douleur, et Hogni fit de même. Elle demanda aussi qui voulait aller seller les chevaux, conduire les chars, monter les coursiers, chasser avec l'épervier, et lancer les flèches avec l'arc recourbé.

Les princes conduisirent devant moi Waldar le Danois et Jarisleif, Eimod, le troisième, et Jariskar.

Les guerriers lombards portaient des man-

teaux de guerre rouges, des armures brillantes
et des heaumes élevés. Ces hommes, aux blonds
cheveux, portaient de larges épées.

Ils me promirent de riches ornements ; ils me
les promirent, avec de douces paroles, si, après
tant de douleurs, je voulais me fier à eux et accepter leurs consolations.

Grimhild m'apporta une coupe froide, amère,
qui me fit oublier mes chagrins. On avait mêlé
à la boisson la force d'Urda, l'eau froide de lacs
et le sang de la réconciliation.

Ils avaient gravé en couleur rouge sur la corne
à boire toute espèce de signes que je ne sus
point comprendre : le grand serpent du pays des
Haddingen, des épis non coupés et les cavernes
hantées par les bêtes fauves.

Ils avaient mêlé à la boisson des choses mal-
faisantes, des racines de plantes, des herbes de
la forêt, de la graisse de bœuf, des intestins
d'animaux, du foie de sanglier qui adoucit la
douleur.

J'oubliai ainsi, hélas ! les promesses faites à
Sigurd. Les trois rois vinrent alors se mettre à
mes genoux ; puis la reine elle-même s'approcha et dit :

« Reçois cet or, Gudrun, je te le donne. C'est l'héritage laissé par ton père, des anneaux brillants, les burgs de Hlodwers, et tous les serviteurs du prince défunt,

» Et des jeunes filles Hiunes habiles à tisser des étoffes d'or : que cela te console. Tu disposeras à ton gré des trésors de Budli, tu seras la brillante épouse d'Atli. »

GUDRUN

« Je ne veux plus épouser personne ; je ne veux plus du frère de Brunhild. Je ne dois pas avoir d'enfants du fils de Budli et je ne puis vivre avec lui. »

GRIMHILD

« La haine ne doit pas retomber sur ce héros ; c'est nous qui avons tout fait. Si tu élèves des fils, ce sera comme si tu possédais encore Sigurd et Sigmund. »

GUDRUN

« Non, ô ma mère, je ne dois plus connaître la joie ni entretenir l'espérance des héros, depuis que j'ai vu les corbeaux, acharnés à leur proie, boire le sang qui coulait du cœur de Sigurd. »

GRIMHILD

« Et cependant j'ai trouvé qu'Atli était le plus noble des princes et le premier de tous : ne le repousse pas. Tu demeureras seule et sans époux jusqu'à ce que l'âge te courbe, si tu ne l'acceptes pas. »

GUDRUN

« Ne me vante pas cette race méchante et perfide. Il fera périr Gunnar d'une mort affreuse et il arrachera le cœur d'Hogni. Je n'aurai de repos que quand j'aurai abrégé la vie de ce chef qui conduit les guerriers au combat. »

Grimhild écoute en frémissant ces paroles qui annoncent la mort de ses enfants et la destruction de sa lignée.

GRIMHILD

« Je te donne encore en propriété beaucoup de pays et de gens, Winbiorg et Walbiorg, si tu consens à épouser le prince. »

GUDRUN

« Eh bien, j'épouserai le chef, mais malgré moi et pour complaire à ma famille. Jamais mon époux ne me donnera le bonheur, et mes fils (1) paieront la mort de mes frères. »

Aussitôt les guerriers montèrent à cheval et l'on fit entrer les femmes Welsches dans les chariots. Nous voyageâmes sept jours à travers une région froide et marécageuse, sept jours nous naviguâmes sur les flots de la mer, et sept jours nous gravîmes des hauteurs arides.

Les gardiens du grand burg ouvrirent la grille et nous, chevauchant, nous franchîmes la porte.

Atli m'éveilla, mais je lui parus remplie du pressentiment de la mort de mes parents.

ATLI

« Les Nornes m'ont tiré de mon sommeil. Que mes rêves puissent être d'heureux présages ! Mais je rêvais, Gudrun, que toi, la fille de Giuki, tu me perçais le cœur d'un fer meurtrier. »

(1) Les fils qu'elle aura d'Atli.

GUDRUN

« Rêver de poignard signifie incendie, et la
colère de la femme est un présage de querelles
domestiques. Je brûlerai tes plaies envenimées
et je les guérirai, quoique tu me fasses souffrir. »

ATLI

« Dans le jardin, je voyais, arrachées, les jeunes
plantes que j'aurais désiré voir grandir. Elles
étaient arrachées avec leurs racines rougies de
sang, et on les mettait sur ma table, afin que
je les mangeasse.

» Mes éperviers s'envolaient de ma main sans
nourriture vers un lieu où ils devaient périr. Je
mangeais leurs cœurs préparés avec du miel,
mais couverts de sang.

» Mes chiens avaient fui loin de moi : je les
entendais pousser des hurlements plaintifs. Leur
chair s'était pourrie, et, plein de dégoût, je mangeais leurs cadavres. »

GUDRUN

« Tes serviteurs, pour préparer un festin,

saisiront des porcs par la tête. Bientôt ils les tueront, la nuit avant l'aube, afin de les servir aux guerriers. »

Depuis lors je fuis le sommeil sur ma couche et je songe ; mais j'agirai.

TROISIÈME CHANT DE GUDRUN

(GUDHRUNARKVIDHA THRIDHJA)

Herkia (1) était le nom d'une servante d'Atli qui avait été sa maîtresse. Elle dit à Atli qu'elle avait vu Thiodrek et Gudrun ensemble. Atli s'en émut : Gudrun lui dit :

« Qu'as-tu donc, Atli, fils de Budli? Quel poids oppresse ton cœur? Tu ne ris plus jamais. Les Jarls seraient plus satisfaits si tu parlais aux guerriers et si tu me témoignais ton amour. »

(1) Cette Herkia est la Hercha ou Helche de la tradition germanique qui, dans les Nibelungen, est la première femme d'Etzel avant qu'il épouse Krimhild, laquelle s'appelle ici Gudrun.

ATLI

« Voici ce qui m'afflige, ô Gudrun, fille de
Giuki. Herkia m'a dit que tu t'es couchée dans
un même lit avec Thiodrek, et qu'infidèle tu t'es
cachée sous le même drap. »

GUDRUN

« Je suis prête à jurer par la pierre blanche
de l'épreuve sacrée que je n'ai point accordé
au fils de Dietmar ce qui n'appartient qu'à
mon maître et à mon époux.

» Je n'ai embrassé ce prince sans reproche
qu'une seule fois, et tandis que nous causions
à deux dans la salle, nos discours étaient innocents.

» Thiodrek vint ici avec trente guerriers ; tous
les trente ont cessé de vivre. Fais-moi entourer
par tes frères revêtus de leur cuirasse et range
autour de moi tous mes nobles parents.

» Fais venir ici le chef des Saxons qui habitent vers le Sud : il sait consacrer, lui, la chaudière bouillante. »

Sept cents guerriers se réunirent dans la salle,

avant que la reine plongeât sa main dans la chaudière.

GUDRUN

« Gunnar n'est pas près de moi et je ne puis adresser mes plaintes à Hogni. Je ne verrai plus mes frères chéris. Ah ! l'épée de Hogni me vengerait de cette offense, mais maintenant c'est moi seule qui dois me justifier de cette accusation. »

Elle plongea sa blanche main dans la chaudière, et en retira les pierres semblables à la prunelle de l'œil. « Voyez, guerriers, mon innocence est prouvée par des signes sacrés et certains. »

Le cœur d'Atli bondit de joie dans sa poitrine, quand il vit les mains de Gudrun intactes et sans brûlures. « Maintenant, Herkia subira l'épreuve, elle qui a voulu perdre ma femme innocente. »

Rien d'aussi lamentable que de voir les mains de Herkia se brûler dans l'eau bouillante. On conduisit la jeune femme vers le marais bourbeux pour l'y enterrer vive. Ainsi fut vengée l'offense de Gudrun.

LA PLAINE D'ODDRUN

(ODDRUNARGRATR)

Il y avait un roi qui s'appelait Heidrek. Sa fille se nommait Borgny et le bien-aimé de celle-ci Wilmund. Elle ne parvenait pas à enfanter jusqu'à l'arrivée d'Oddrun, sœur d'Atli. Elle avait été l'amante de Gunnar, fils de Giuki. C'est de cette saga qu'il est question ici.

D'anciens récits rapportent qu'une jeune fille arriva au pays de l'Orient. Personne, ni homme ni femme, ne savait comment secourir la fille d'Heidrek.

Oddrun, la sœur d'Atli, entendit dire que la jeune fille était en proie à d'horribles douleurs. Elle sortit de l'écurie le cheval au mors pesant et mit la selle sur ce noir coursier,

Sur le sentier uni, elle poussa le cheval rapide jusqu'à ce qu'elle vît les hautes salles. Elle délivra de la selle le coursier affamé et se hâta d'entrer dans la demeure. Voici les premiers mots qu'elle prononça :

« Qu'est-il arrivé d'heureux en ce canton ? Que se passe-t-il au pays des Hiunes ? »

BORGNY

« Borgny gît ici accablée de douleurs. O Oddrun, viens au secours de ton amie. »

ODDRUN

« Quel est le prince qui est cause de tes tourments? D'où vient que Borgny soit en proie à de si grandes douleurs ? »

BORGNY

« Il s'appelle Wilmund, l'ami du chef aux nombreux faucons. Cinq hivers durant, à l'insu de son père, il entoura la jeune fille de chaudes couvertures. »

Je crois qu'elles ne se dirent rien de plus. Elle s'assit doucement aux genoux de la jeune fille. Oddrun chanta à haute voix. A haute voix,

Oddrun chanta des chants magiques sur Borgny.

Une fille et un garçon voient le jour, de char-mants enfants du vainqueur de Hogni (1) La jeune femme malade ne tarda pas à parler. Voici les premiers mots qu'elle dit : « Que les bonnes puissances Frigg et Freyja et les autres dieux te soient propices, toi qui m'as délivrée de ce danger extrême. »

ODDRUN

« Je ne me suis point levée pour venir à ton secours, parce que je croyais que tu en étais digne ; non, quand les nobles chefs se parta-gèrent l'héritage, je promis de venir en aide à toute femme qui enfanterait, et j'ai tenu ma promesse. »

BORGNY

« Tu as tort, Oddrun, de parler ainsi sans réfléchir, poussée par la colère. Car nous avons vécu longtemps amicalement ensemble, comme si nous étions les enfants de deux frères. »

(1) Il ne s'agit pas ici de Hogni, frère de Gunnar, mais d'un guerrier qui portait le même nom.

ODDRUN

« Je me rappelle encore les paroles que tu
prononças quand jé préparais le repas de Gunnar.
Certes, disais-tu, nulle jeune fille, sauf moi, n'en
ferait autant. »

La jeune femme, accablée de douleurs, s'assit,
et ses gémissements trahissaient sa souffrance.

ODDRUN

« Je fus élevée dans une riche demeure, chacun m'aimait et m'estimait heureuse, mais je ne
jouis de ma jeunesse et des richesses que pendant cinq hivers, avant qu'il mourût.

» Avant de quitter la vie, ce roi fier et puissant nous fit connaître ses dernières volontés.

» Il me combla d'or rouge, et m'envoya vers
le Sud pour épouser le fils de Grimbild. Il n'y
aurait point eu d'aussi noble fille que moi sous
la lune, si les divinités ne m'étaient point de-
venues contraires.

» Brynhild, dans sa chambre, travaillait à des
tapisseries. Elle possédait beaucoup de terres
et ses fidèles l'entouraient. La terre et le ciel

dormaient encore, quand le vainqueur de Fafnir aperçut le Burg.

» On se battit rudement avec des épées welches, et le burg où résidait Brynhild fut pris. Avant peu de temps, qui s'en étonnerait ? elle connut la trahison exercée à son égard (1).

» Elle se vengea si cruellement, que tous nous eûmes à en souffrir. Partout où habitent des hommes, on sait comment elle se tua après la mort de Sigurd.

» J'avais déjà accordé mon affection à Gunnar, ce guerrier à la forte cuirasse, comme Brynhild aurait dû le faire. Elle faisait bien, pensait-il, de porter le heaume et de redevenir Walkyrie.

» Les guerriers offrirent à mon frère des anneaux d'or rouge et une riche composition. Pour m'obtenir, Gunnar offrit aussi quinze domaines et l'or qu'avait apporté Grani.

» Atli répondit qu'il repoussait les dons de fiançailles du fils de Giuki. Mais nous ne pouvions pas toujours contenir notre amour, et j'appuyai ma tête sur l'épaule de Gunnar.

» Beaucoup de mes parents m'accusaient tout

_____

(1) Lors de son mariage avec Gunnar.

bas d'entretenir avec le roi des relations coupables ; mais Atli pensait que je ne m'abais-
serais jamais au point de perdre mon honneur.

» Toutefois nul ne peut répondre d'autrui, là
où règne l'amour.

» Atli envoya ses espions au plus profond de
la forêt de sapins pour me surprendre, et ils
vinrent là où ils n'auraient pas dû venir, et ils
nous virent couchés ensemble.

» Nous offrîmes à ces guerriers des anneaux
d'or rouge, afin qu'ils cachassent tout à Atli.
Mais ils se hâtèrent de regagner leur palais et de
tout révéler à Atli.

» Ils ne dirent rien à Gudrun, qui pourtant
aurait dû tout savoir.

» On entendit résonner les pieds ferrés d'or
des coursiers, quand les fils de Giuki entrèrent
dans la cour du burg. On coupa le cœur d'Hogni
hors de sa poitrine, et on jeta Gunnar dans la
tour aux serpents.

» J'étais allée, en ce moment, ainsi que cela
m'arrivait fréquemment, dans la demeure de
Geirmund, afin de l'aider à recevoir ses hôtes.
Gunnar, le héros, se mit à jouer de la harpe : le

noble chef espérait que, par adresse, j'aurais
pu venir à son secours.

» J'écoutai et je l'entendis de Hlesey, où je
me trouvais ; comme les cordes de la harpe ré-
sonnaient lamentablement !

» J'avertis mes vierges de se hâter de me
suivre ; je voulais sauver la vie du roi. Nous con-
duisîmes la barque au delà du bras de mer, jusqu'à ce que nous aperçûmes toutes le burg d'Atli.

» Pleine de venin, la mère d'Atli se dirigeait
de ce côté, — puisse-t-elle pourrir au fond d'un
marais, — et elle mordit Gunnar au cœur (1).
Ainsi je ne pus sauver ce chef glorieux.

» Je m'étonne souvent comment moi, vierge
couverte de l'or de Gnîtaheide, j'ai pu conserver
la vie, car je croyais aimer mieux que moi-
même ce chef vainqueur dans les combats, qui
distribuait des épées aux guerriers.

» Te voilà assise, écoutant le récit de mes in-
comparables malheurs et des siens. L'existence
de chacun est réglée par le destin. La plainte
d'Oddrun est terminée. »

(1) Gunnar, par les sons de sa harpe, avait endormi
tous les serpents ; mais la mère d'Atli, métamorphosée en
vipère, le tua en le mordant au cœur.

LA SAGA D'ATLI [1]

(ATLAKVIDHA)

Gudrun, la fille de Giuki, vengea la mort de ses frères, ainsi que tout le monde le sait. Elle tua d'abord les fils d'Atli, ensuite, elle tua Atli lui-même et brûla le palais avec tous ceux qui s'y trouvaient. Voici la saga qui a été faite à ce sujet :

Atli envoya à Gunnar un messager très adroit : il s'appelait Knefrod. Il se rendit du palais de Giuki en la demeure de Gunnar. Il

[1] Cette saga, l'*Atlakvidha*, et la suivante, l'*Atlamal*, sont désignées sous le nom de sagas groenlandaises, parce qu'elles ont été composées ou tout au moins recueillies dans une province du sud de la Norwège appelée Groenland.

accepta le siège du foyer et la bière de l'hospitalité.

Les hommes de Gunnar buvaient du vin dans
la salle, et ils craignaient la colère des Hiunen
rusés.

Les messagers se taisaient. Knefrod, l'envoyé du Sud, parla d'une voix grave du haut du
siège élevé qu'il occupait :

« Atli m'envoie vers vous, et je suis venu ici
en traversant le sauvage Myrkwid, la noire forêt, sur nos coursiers qui mordent leur frein,
afin de vous engager à visiter la demeure d'Atli
en costume pacifique.

» Vous pourrez choisir là-bas à votre gré des
boucliers et de bonnes lances, des casques d'or
brillant et des serviteurs Hiunes, des capara-
çons brodés d'argent, des cuirasses qui protègent dans le combat, et des coursiers qui
mordent le frein.

» Il vous donnera de l'or de Gnitaheide, des
lances brillantes avec des manches d'or, des
trésors princiers et les villes de Danpis, et cette
belle forêt qu'on nomme Myrkwid. »

Gunnar tourna la tête et dit à Hogni : « Que
dis-tu, ô guerrier prudent, de ce discours ? Nous

possédons autant d'or qu'on a pu en trouver sur la Gnitaheide.

» Nous avons sept salles pleines de glaives dont la poignée est ornée d'or. Nulle épée n'est plus acérée que la mienne, et nul cheval plus rapide que mon coursier noir. Mon arc est digne d'être pendu au-dessus de mon banc, ma cuirasse est d'or, et brillants sont mon casque et mon bouclier apportés jadis des halles de Kari. J'estime qu'ils sont meilleurs que tous ceux des Hiunes. Que nous conseille notre sœur en nous envoyant cet anneau enveloppé dans une peau de loup ? Elle nous avertit, je crois, de prendre garde à nous. J'ai trouvé l'anneau d'or enveloppé de poils de loup. Le voyage que nous devrions entreprendre est plein de périls. »

Nul ne donna son avis à Gunnar, ni ses proches, ni ses conseillers, ni ceux qui déchiffraient les runes. Gunnar donna ses ordres dans la salle à boire, comme il convenait à un prince généreux.

« Lève-toi, Fiornir, et que les serviteurs apportent à la ronde des coupes d'or aux guerriers.

» Vieillard à la barbe grise, le loup régnera sur l'héritage des Niflungen, si Gunnar succombe. Les ours à la fourrure brune ravageront les champs cultivés à la grande joie des chiens, si Gunnar ne revient pas. »

De nobles guerriers conduisirent hors de la salle, en soupirant, le roi, le chef qui se plaît dans les combats. Le jeune héritier d'Hogni parla : « Allez joyeux et rassurés là où votre cœur vous appelle. »

Les guerriers joyeux poussèrent leurs chevaux ardents sur les hauteurs à travers la sombre Myrkwid. Tout le Hunmark retentit au passage de ces hommes intrépides. Ils franchirent de vertes plaines dépouillées d'arbres.

Les tours du burg d'Atli s'élançaient dans les nues.

Les fidèles de Bikki les gardaient, et on y voyait les salles des hommes du Sud remplies de bancs pour s'asseoir, d'armes pendues au mur, de boucliers brillants et de cottes de mailles qui préservent des blessures. Atli buvait du vin dans la salle d'armes. Des sentinelles se tenaient au dehors pour annoncer l'arrivée des hommes de Gunnar qui s'approchaient la lance

au poing, et pour commencer l'attaque contre
le roi.

Sa sœur s'avança à la rencontre de ses frères
jusqu'au seuil de la salle. On ne leur offrit pas
la bière de l'hospitalité : « Gunnar, tu es trahi,
dit-elle. Comment, ô noble guerrier, pourras-tu
échapper aux embûches préparées par la haine?
Hâte-toi de fuir cette demeure.

» Mieux eût valu, frère, que tu eusses revêtu
ton armure plutôt que de venir visiter Atli en
cet appareil pacifique. Vous auriez pu combattre, assis sur vos coursiers, à la clarté du soleil, et donner à pleurer aux Nornes sur les
corps des guerriers morts dans le combat. Vous
auriez fait gémir les Walkyries qui protègent les
Hiunes, et vous auriez pu jeter Atli dans la tour
aux serpents. C'est vous, maintenant, qui y serez enfermés. »

— « Il est trop tard, ô ma sœur, pour appeler
ici les Niflungen. Il faudrait trop de temps pour
amener ces guerriers sans reproche, à travers
les âpres montagnes du Rhin. »

Les hommes du beau-frère des Burgondes
s'emparèrent de Gunnar et l'attachèrent avec de
forts liens.

De sa bonne épé, Hogni en abattit sept; il en jeta un huitième dans le feu. Ainsi se défendit ce vaillant héros contre ses ennemis.

Hogni repoussa ceux qui voulaient frapper Gunnar. Ils demandèrent à Gunnar, chef des Goths (1), s'il voulait acheter sa liberté au prix de l'or.

— Oui, si d'abord je tiens le cœur d'Hogni dans mà main. Qu'on enlève de la poitrine de ce prince, avec du fer, le cœur ensanglanté du plus brave des guerriers.

Ils enlevèrent le cœur de Hialli de sa poitrine, et l'apportèrent tout ensanglanté à Gunnar sur un plateau.

Gunnar, le chef des Goths, dit alors : « C'est là le cœur du lâche Hialli; il ne ressemble point à celui du vaillant Hogni. On le voit encore trembler sur ce plateau; la poitrine qui le renfermait tremblait encore davantage. »

Hogni se mit à rire tout haut, tandis qu'on

(1) Gunnar était nommé au commencement de ce chant chef des Hiunes, puis on le désigne lui et son frère sous le nom de Burgondes et de Goths. Le rédacteur de la saga ne semble pas avoir eu une idée précise de ces noms de peuples que la tradition lui livrait. Les sagas groenlandaises sont les plus récentes de l'*Edda*.

lui coupait le cœur de la poitrine. Ce guerrier
intrépide ne songea guère à se plaindre. Ils apportèrent son cœur sur un plateau à Gunnar.

Gunnar, le vaillant Niflung, dit tout joyeux :
« Oui, j'ai là devant moi le cœur du brave Hogni, qui ne ressemble point à celui du lâche
Hialli. On ne le voit pas trembler sur le plateau,
et la poitrine qui le renfermait tremblait moins
encore.

» Puisses-tu, Atli, demeurer toujours aussi
éloigné de mes regards, que les trésors que tu
convoites le seront des tiens. Depuis que Hogni
est mort, je connais seul l'endroit où est caché
le trésor des Niflungen.

» Aussi longtemps que nous étions deux à le
connaître, je n'étais point rassuré; maintenant
que je reste seul, je ne crains plus rien. Le Rhin
seul possédera ce trésor connu des Ases et qui
portait malheur aux hommes, l'héritage des
Niflungen. Les anneaux d'or jetteront un plus
vif éclat dans les vagues du fleuve qui les bal-
lotte, qu'aux mains des fils des Hiunes. »

— « Qu'on amène un chariot! Qu'on enchaîne
ce guerrier! »

Le puissant Atli, entouré d'un cortège de

lances, emmena Gunnar sur un coursier qui
faisait résonner le sol sous ses pas. Gudrun vit
avec douleur la captivité du héros. Retenant
ses larmes, elle se jeta au milieu de la foule
bruyante :

« C'est donc ainsi, Atli, que tu gardes envers
Gunnar les serments que tu lui as jurés par le soleil levant, par la montagne de Sigty (1), par le
repos de ta couche, par l'anneau d'Uller (2) ? »
Sur les ordres du roi, un étalon, mordant le
frein, conduisit à la mort le guerrier, désormais seul maître du trésor.

La troupe des soldats jeta le prince vivant
dans la prison toute pleine d'affreux serpents.
Gunnar seul, et en proie à la colère, joua de la
harpe avec ses doigts de pieds. Les cordes rendaient des sons puissants. — C'est ainsi qu'un
prince qui possède des trésors doit les refuser à
ceux qui les convoitent.

Après le meurtre, Atli dirigea ses coursiers
ardents vers sa demeure. Le pas des chevaux et
le bruit des armes des soldats firent retentir le
burg, quand ils revinrent de la bruyère.

(1) Surnom d'Odin.
(2) Uller est la divinité qui présidait à l'automne.

Gudrun alla à la rencontre d'Atli. Elle présenta au roi une coupe d'or : « Salut, ô roi ; maintenant tu posséderas comme un don de Gudrun les lances des guerriers morts. »

Les coupes d'Atli, remplies d'ale, s'entre-choquèrent, quand les Hiunes se réunirent dans la salle, ces guerriers à la longue barbe.

Souriante, elle s'avança, la noble femme, pour leur offrir à boire et pour présenter à manger au noble roi ; mais Atli pâlit quand elle lui eut adressé la parole.

— « O chef, qui distribues de bonnes épées, tu as mangé les cœurs sanglants de tes fils avec du miel. J'ai pensé, vaillant roi, que tu aimais à manger de la chair humaine rôtie et à en offrir à l'hôte qui occupe la place d'honneur.

» Jamais plus, tu ne verras à tes genoux Erp et Eitil joyeux, après avoir bu leur âle. Tu ne les verras plus brandir fièrement leurs lances ornées d'or, ni conduire ou dompter de bons coursiers. »

Dans la salle retentirent les cris de fureur des hommes et les plaintes désolées des femmes ; ils pleuraient, les fils des Hiunes ! Gudrun, seule, ne pleurait pas ; elle ne pleurait pas, la

9

femme au cœur fort, ni sur ses vaillants frères,
ni sur ses doux enfants si jeunes, si innocents,
qu'elle avait eus d'Atli.

Elle sema de l'or, la reine blanche comme un
cygne ; elle offrit aux serviteurs des anneaux
d'or rouge. Pour arriver à ses fin, elle prodigua
le précieux métal. Elle n'épargna point son trésor, l'opulente reine !

Imprudemment, Atli avait trop bu. Il était
sans défense, car il ne se défiait pas de Gudrun.
Leur tendresse eût mieux convenu en d'autres
moments, que quand ils s'embrassèrent maintenant, en présence de leurs nobles hommes.

De ses mains avides de meurtre elle donna à
boire du sang à la couche conjugale. Elle lâcha
des chiens et jeta devant la porte de la salle des
torches enflammées, préparant aux fidèles d'Atli
un horrible réveil : elle vengeait ainsi ses frères.

Elle livra aux flammes tous ceux qui se trouvaient dans le burg, les meurtriers de Gunnar
et d'Hogni, revenus de Myrkwid, le sombre lieu
du supplice. Les salles s'écroulèrent, la demeure
antique des Budlungen fut consumée avec les
vierges armées de boucliers, qui, jeunes encore,
périrent dans les flammes.

Ce récit est terminé. Jamais plus, une autre
femme ne portera ainsi le bouclier et ne vengera
ses frères. Elle fit périr trois princes avant de
succomber elle-même.

Tout cela est raconté avec plus de détails encore
dans le chant groenlandais d'Atli.

LE CHANT D'ATLI

(ATLAMAL)

Le monde entier connaît la trahison, tra-
mée jadis dans l'ombre par des guerriers qui ne
ménagèrent point les serments pour atteindre
leur but. Ils en furent les victimes, non moins
que les fils de Giuki si odieusement trompés.

Un malheureux sort perdit ces princes. Atli,
d'ordinaire bien avisé, se méprit cette fois. Il se
fit du tort en provoquant la perte de ses proches.
Il envoya des messagers rapides, afin de convier
ses beaux-frères à se rendre près de lui. Sa
femme, pleine de perspicacité, devina la ruse de
son mari. Elle n'ignorait pas ce qu'il préparait
secrètement. La sage princesse était tourmentée :

elle voulait leur venir en aide. Les messagers
devaient traverser la mer, et elle ne pouvait les
accompagner.

Elle grava des runes, afin de les avertir. Mais
avant de les remettre, Wingi les changea. Les
envoyés d'Atli dirigèrent leurs vaisseaux à travers les bouches nombreuses de la rivière (1),
vers la demeure des chefs intrépides.

On leur offrit la bière de l'hospitalité sur les
bancs du foyer. Leur arrivée n'inspira aucun
soupçon. Ils acceptèrent sans défiance les dons
que leur envoyait Atli et les suspendirent aux
colonnes de la salle.

La femme d'Hogni, Kostbera aux regards perçants, se rendit auprès des messagers et leur
souhaita la bienvenue. Glaumwor, la femme de
Gunnar, se montra joyeuse de remplir ses devoirs, et veilla aux besoins de leurs hôtes.

Ils convièrent aussi Hogni, le noble prince.
S'il y avait pris garde, il aurait pu découvrir la
ruse. Gunnar promit d'aller vers Atli si Hogni y
consentait. Mais Hogni refusa, quoi que pût dire
le roi.

(1) Il s'agit des bouches du Rhin que les envoyés d'Atli
remontent pour se rendre au pays des Niflungen.

Les vierges apportèrent de l'hydromel et des mets en abondance. Les cornes à boire circulèrent jusqu'à ce qu'on en eût assez.

Quand le moment fut venu, le roi et sa femme se retirèrent dans leur chambre. Kotsbera était très fine et elle connaissait les runes. Elle examina les lettres à la lumière du foyer, mais elle devait encore se taire. Les runes lui parurent falsifiés et difficiles à lire.

Alors Hogni se retira avec sa femme. Son épouse fidèle rêva. Quand elle s'éveilla, elle raconta tout exactement au chef.

— « Tu veux partir, Hogni, prends garde. On est rarement trop prudent ; remets à une autre fois ce voyage.

» J'ai déchiffré les runes que Gudrun a gravés pour vous. La femme bien avisée ne vous conseille pas de vous rendre à cette invitation.

» Une chose me frappe, je ne puis comprendre ce qui a poussé cette sage princesse à tailler des runes si peu clairs. La reine a oublié une lettre ou d'autres en ont ajouté une.

HOGNI

« Tu es trop défiante. Moi, je ne crains rien.

Je ne veux point soupçonner de trahison avant
que j'en aie la preuve. Le roi nous a donné en
abondance de l'or rouge brillant comme du feu.
Quand je verrais le péril, je ne reculerais point
d'un pas.

KOSTBERA

« Si tu vas là-bas, tu cours de grands dangers.
Ce n'est pas une réception amicale qui vous
attend. Je ne veux point te le cacher, Hogni, j'ai
rêvé que cette expédition vous serait fatale.
Serait-ce la crainte qui m'abuse ?

» J'ai vu le feu consumer les draps de ta
couche. Les flammes se levaient et embrasaient
ma demeure. »

HOGNI

« Il y avait ici des vêtements de lin auxquels
tu ne prenais pas garde depuis longtemps. Ils
sont très inflammables ; tu les auras pris pour
les draps de ma couche. »

KOSTBERA

« J'ai vu entrer ici un ours qui, de ses griffes
puissantes, brisait nos sièges. Nous gémissions

à haute voix. Dans sa fureur, il nous atteignit. Nous ne remuions plus. Toute la maison retentissait du bruit. »

HOGNI

« Le vent se déchaînera sur nous. C'est la tempête que tu auras prise pour un ours blanc. »

KOSTBERA

« J'ai vu un aigle voler dans toute la maison. Nous étions couverts de sang. Cela nous portera malheur. Il semblait avoir la forme d'Atli. »

HOGNI

« Bientôt nous abattrons du bétail, alors le sang coulera. Quand on rêve d'aigles, cela signifie des bœufs qu'on doit abattre. Quels que soient tes rêves, il est certain qu'Atli est notre allié fidèle. » — Ils ne parlèrent plus de cela : tout entretien doit finir.

Quand le roi et la reine s'éveillèrent, ils eurent un entretien semblable. Glaumwor rêva de mort, et elle s'efforça de détourner Gunnar de l'expédition projetée.

GLAUMWOR

« J'ai vu préparer le poteau auquel on allait
t'attacher. Des serpents te dévoraient, et tu con-
tinuais à vivre ; puis tous périssaient. Que signifient ces songes ?

» Je voyais briller une épée ensanglantée qui
perçait ta cuirasse. Il est dur de rapporter des
choses semblables à son époux. Une lance
meurtrière était enfoncée dans ton cœur. Des
loups poussaient des hurlements sauvages à tes
côtés.

» Je voyais courir des chiens qui aboyaient
effroyablement, et ces aboiements annoncent
d'ordinaire des combats.

» Je voyais un torrent passer à travers notre
demeure. Déchaîné, il se gonflait et s'élevait au-
dessus des bancs. Il vous brisait les pieds à vous
et à votre frère. Rien n'arrêtait la fureur des
eaux. Ce sont là de sinistres présages.

» Je voyais ici des femmes mortes errer pendant la nuit. Elles étaient richement vêtues et
elles voulaient t'emmener avec elles. Les divinités qui te gardent t'abandonnent, je le
crains. »

GUNNAR

« Ce que tu dis vient trop tard. Nous ne craignons pas de faire le voyage auquel nous nous sommes engagés. Bien des choses, il est vrai, présagent que nous ne vivrons pas longtemps. »

Quand le jour fut venu, ils se précipitèrent activement au départ, quoique les femmes voulussent les retenir. Cinq seulement partirent, et autant de gens de leur suite. C'était une funeste résolution. Sawar et Solar, les fils d'Hogni, et Orkning, le cinquième, partaient avec les princes. C'était le beau-frère d'Hogni, et le guerrier portait joyeusement son bouclier.

Les femmes les suivirent jusqu'au bras de mer qui devait les séparer de leurs époux. Elles tentèrent encore de les arrêter, mais on ne les écouta pas.

Alors Glaumwor, la femme de Gunnar, se tournant vers Wingi, lui adressa ces mots : « Je ne sais comment tu nous récompenseras de notre bon accueil, mais s'il arrive quelque malheur, tu auras été un hôte bien perfide. »

Wingi prodigua les serments : il était impatient de partir : « Que les Joten l'emportent, s'il vous trompe; qu'il soit pendu à un poteau, s'il abuse de votre confiance. »

Kostbera, au cœur pur, parla à son tour : « Voguez en paix, et que la victoire vous accompagne. Puisse nul ne vous attaquer et tout se passer ainsi que je le désire. »

Hogni adressa ses vœux à tous les siens : « Quoi qu'il arrive, soyez prudents et tranquilles. » Bien des paroles furent encore échangées, mais peu d'entre eux se préoccupaient des suites de ce voyage.

Ils se regardèrent affectueusement jusqu'au moment du départ; chaque troupe suivit une route opposée. Ainsi le voulait le destin.

Ils ramèrent si vigoureusement, que la barque en fut presque brisée. Ils se penchaient énergiquement en arrière pour donner de forts coups de rames. Sous l'effort, les rames se brisèrent et leurs appuis également. Quand ils prirent terre, ils négligèrent d'attacher leur embarcation.

Bientôt après — j'abrège ce récit — ils virent s'élever le burg que Budli avait possédé. Les portes de fer résonnèrent bruyamment quand Hogni y frappa.

Wingi dit alors ces mots qu'il aurait mieux fait de ne point dire : « Eloignez-vous de cette demeure. Si vous y entrez, vous serez en péril. Vous vous êtes jetés bien promptement dans le piège et bientôt on vous tuera. Je vous ai invités de bonne amitié, mais c'était pour vous tromper. »

Hogni, qui ne songeait pas à reculer, répondit, — il n'avait jamais peur de combattre : — « C'est en vain que tu essaies de nous effrayer : tu n'y réussiras pas. Si tu dis encore un mot, tu t'en ressentiras longtemps. »

Ils frappèrent Wingi et le firent mourir. Ils l'abattirent à coups de hache, et il expira.

Atli et ses fidèles s'armèrent, et quand ils eurent saisi leurs armes, ils se précipitèrent vers les murs d'enceinte. Des paroles de haine et de défi furent échangées : — « Depuis longtemps déjà, je me suis promis de vous enlever la vie. »

HOGNI

« Nous ne nous apercevons guère de ce que vous avez projeté. Nous vous trouvons peu préparés à nous recevoir, et nous avons déjà abattu et tué un des vôtres. » — Ceux qui entendirent ces paroles devinrent furieux. Ils saisirent leurs arcs, et, se couvrant de leurs boucliers, lancèrent leurs flèches acérées.

Ceux qui étaient à l'intérieur s'aperçurent de ce qui se passait dehors, en entendant les provocations des hommes d'armes. La fureur s'empara de Gudrun quand elle connut la trahison. Elle arracha de son cou les joyaux qui l'ornaient. Elle jeta à terre ses ornements d'argent avec tant de violence, que les anneaux se brisèrent.

Elle ouvrit hardiment la porte et sortit. Elle s'avança sans crainte, et, prenant les Niflungen dans ses bras, elle les baisa. Ce fut pour la dernière fois. Leur ayant montré ainsi son affection, elle leur adressa ces paroles : « Je vous avais envoyé des runes pour vous empêcher de vous rendre ici, mais nul ne peut résister au destin ; vous deviez venir. » Elle essaya d'intervenir en adressant à tous des paroles de paix ; mais nul ne voulut l'écouter, tous s'écrièrent : « Non ! »

La noble femme vit alors commencer ce rude combat. Sans hésiter un instant, elle rejeta ses vêtements en arrière et tira son épée pour dé-

fendre ses proches.. Elle se conduisit bien dans
la mêlée partout où elle porta ses coups.

La fille de Giuki tua deux combattants. Elle
frappa le frère d'Atli d'un coup qui l'obligea à
se faire enlever par ses hommes. Elle se battit
avec lui jusqu'à ce qu'elle lui eût abattu un
pied. Elle enleva à l'autre frère le désir de se
relever jamais. Elle l'envoya dans l'empire de
Hel : ses mains ne tremblaient pas.

Le choc fut terrible. Nos chants en parlent
encore. Mais les exploits des Giukungen surpas-
sèrent tout. Tant qu'ils conservèrent la vie, ces
braves Niflungen, on vit sans cesse retomber
leurs épées et leurs cuirasses lancer des éclairs.
Ils fendaient les casques et leurs cœurs s'en
réjouissaient.

Ils se défendirent depuis le matin jusque dans
l'après-midi; depuis l'aurore jusqu'à l'approche
de la nuit. Avant que le combat prît fin, le sang
coula sur le sol en ruisseaux. Dix-huit des
assaillants succombèrent. Les deux fils de
Kostbera et son frère survécurent.

Atli, dans sa fureur, prit la parole : « J'ai devant les yeux un horrible spectacle et vous en
êtes la cause. Nous étions ici trente braves

guerriers, et maintenant il n'en reste que onze. La perte est trop cruelle. Nous étions cinq frères à la mort de Budli ; Hel en tenait deux déjà, et j'en vois deux massacrés devant moi.

» J'avais de vaillants beaux-frères, je ne puis le nier. Femme cruelle, tu m'as procuré peu de joie ! Depuis que je t'ai épousée, je n'ai guère eu de moments heureux ! Tu m'as trahi, tu m'as privé de mes amis et tu as fait périr ma sœur (1). Voilà ce qui m'afflige le plus. »

GUDRUN

« Souviens-toi, Atli, que c'est toi qui as commencé la guerre. Tu as tué ma mère pour avoir ses trésors. La noble femme, enfermée dans une caverne, y mourut de faim.

» Il est vraiment plaisant de t'entendre te plaindre. Avec l'aide des dieux, nous te ferons périr. »

ATLI

« Allons, mes hommes, augmentons encore les douleurs de cette femme orgueilleuse ; à

(1) Brynhild, dont il impute la mort à Gudrun.

cette vue, je me réjouirai. Combattez de toutes
vos forces, afin que Gudrun gémisse. Oh ! je
voudrais la voir, le cœur brisé et pleurant sur
sa destinée.

» Emparez-vous de Hogni ; avec un couteau
fendez-lui la poitrine et arrachez-lui le cœur.
Hâtez-vous, mes hommes ! Attachez solidement
le vaillant Gunnar à un poteau ; serrez les cordes
et faites approcher les serpents. »

HOGNI

» Faites ce que vous voudrez, je vous attends
sans crainte. Je ne faiblirai pas, car j'ai passé
par de plus dures épreuves. Si nous étions sans
blessures, nous vous tiendrions tête. Maintenant
que nous sommes blessés, vous êtes les
maîtres. »

Reiti, le gardien du burg d'Atli, prit la parole : « Saisissons Hiali et épargnons Hogni. Il
suffira de faire la chose ainsi. Il mérite une
telle fin, car vécût-il plus longtemps, il n'en
resterait pas moins lâche toute sa vie. »

Le chef des cuisines n'osa résister. Il gémit,
pleura et se cacha dans tous les coins. Cette
attaque lui était dure, car il périssait innocent.

10.

Ce fut un triste jour pour lui; il revenait d'avoir donné leur nourriture aux porcs, et il regrettait la vie.

Ils saisirent les armes de Budli et aiguisèrent la lame. Le malheureux se mit à crier avant d'en avoir senti la pointe aiguë. Il était encore capable de fumer la terre et il aurait été heureux d'exécuter les derniers travaux, pourvu qu'on lui laissât la vie.

Hogni se hâta de demander grâce pour l'infortuné. Vit-on jamais rien de tel? Il demanda qu'on l'épargnât. « Je suis mieux préparé que lui à jouer un semblable jeu, s'écria-t-il. Qui pourrait supporter d'entendre des cris pareils? »

Ils s'emparèrent du héros intrépide. Il n'y avait plus moyen pour eux de retarder l'exécution des ordres du roi. Hogni se mit à rire bruyamment. On put voir avec quel courage il savait supporter la douleur.

Gunnar prit la guitare, et il en joua avec ses doigts de pied si merveilleusement, que les femmes en pleurèrent, et que les guerriers qui entendirent ces sons se prirent à gémir. Il donna ses derniers conseils à la reine sa sœur. Les poutres se fendirent à ses chants.

Les guerriers moururent à l'heure où les étoiles pâlissent. Mais le renom de leur bravoure leur survécut.

Atli s'enorgueillit de sa victoire. Il triompha de la mort des deux victimes, et adressa à sa femme des paroles de menace et de défi. — « Voilà le matin venu, Gudrun, et tu n'as plus tes frères chéris : c'est ta faute, s'ils ont péri »

GUDRUN

« Tu te réjouis, Atli, de m'annoncer leur mort. Mais si tu pouvais tout prévoir, tu regretterais le passé. Tu tiens maintenant l'héritage qu'ils t'ont laissé. Une éternelle douleur est ton lot. Bientôt je mourrai aussi. »

ATLI

« Je te détournerai de cette extrémité. Je te donnerai un meilleur conseil. Souvent nous négligeons ce qui peut nous rendre heureux. Je te consolerai en te donnant des jeunes filles, des ornements d'or et de l'argent blanc comme neige, à ton choix. »

GUDRUN

« Ne crois pas m'apaiser. Je méprise tes dons.
Quand tu m'aurais fait moins de mal, je n'en
refuserais pas moins la composition. On a dit
que j'avais l'âme cruelle, et maintenant cela est
vrai. Tant qu'Hogni a vécu, j'ai contenu ma
fureur.

» Nous fûmes élevés dans la même demeure.
Que de fois nous jouâmes ensemble dans les
bois ! Grimhild nous donnait de l'or et des
colliers. Tu ne saurais m'offrir de compensation
pour la mort de mes frères. Ce que tu fais ou ne
fais pas, m'est également odieux.

» Cependant la volonté de la femme doit
céder à la puissance de l'homme. Le bourgeon
tombe quand la branche se dessèche ; l'arbre
périt quand les racines sont coupées. Toi seul,
Atli, es le maître. »

Avec une imprudence sans égale, Atli se fia à
elle. S'il y avait pris garde, il aurait vu la ruse.
Gudrun était rusée ; elle cacha ses desseins.
Elle parut indifférente, mais elle avait deux vi-
sages.

En l'honneur de ses frères, elle fit préparer

un festin et de coûteuses boissons. Atli voulut
aussi honorer ses morts.

Ils cessèrent leur entretien pour préparer la
fête.

Le festin fut somptueux ; tout y était servi
à profusion. La descendante de Budli était remplie d'orgueil. Elle songeait à se venger cruellement de son époux.

Elle attira doucement les enfants à elle et les
fit asseoir sur le banc. Ils s'effrayèrent. mais ne
pleurèrent point.

« Sur le sein de notre mère, pourquoi de-
vons-nous venir tous deux ?

— Dois-je le dire : Je veux vous tuer ; il y a
longtemps déjà que je désire vous enlever la
vie.

— Tue donc tes fils, personne ne peut nous
défendre. Mais si tu nous fais périr ainsi, nous
qui jouissons à peine de nos jeunes années, tu
en porteras la peine. »

La femme cruelle exécuta son projet ; elle
leur trancha la tête à tous deux.

Atli demanda à différentes reprises si ses enfants étaient à jouer : il ne voyait aucun des
deux.

GUDRUN

« J'accours vers toi, Atli, pour te répondre.
La fille de Grimhild ne te cachera point ce
qu'elle a fait. Quand tu sauras tout, tu ne seras
point satisfait. Mais toi, aussi, tu m'as causé de
grandes peines ; tu as tué mes frères.

» Depuis qu'ils ont succombé, je n'ai pas eu
un instant de calme et de repos. Je t'ai promis
de me venger cruellement, t'en souviens-tu ?
C'était le matin, je ne l'ai pas oublié. Et maintenant, voici le soir venu, et je t'annonce la
même chose.

» Tu as perdu tes enfants comme tu ne l'aurais jamais rêvé, Vois ces coupes à boire, ce
sont leurs crânes. Je t'y ai apporté leur sang
rouge pour t'en désaltérer.

» Leurs cœurs, mis à la broche, ont été rôtis.
Je te les ai servis comme des cœurs de veau,
pour que tu t'en nourrisses. Tu n'as mangé
que de cela, et tu n'en as rien laissé. Tu les as
dévorés avec des dents avides.

» Tu connais maintenant le sort de tes enfants. Y en a-t-il de plus affreux ? J'ai rempli
ma destinée et je ne l'ai pas trouvée joyeuse ! »

ATLI

« Tu fus cruelle, Gudrun, quand tu commis
ce forfait, de mêler le sang de tes enfants dans
la coupe que tu m'offris. Tu as égorgé tes fils
comme jamais tu n'aurais dû songer à le faire.
Au milieu de tous mes malheurs, tu m'enlèves
encore toute consolation. »

GUDRUN

« Oh ! ce serait pour moi une volupté de t'é-
gorger toi-même. On ne saurait assez punir
un prince qui agit comme toi. Tu as accompli
un forfait sans exemple ; le monde n'a jamais
vu crime plus odieux. Tu as ajouté aujour-
d'hui un crime nouveau à tous les autres,
en prenant part au repas de tes propres funé-
railles. »

ATLI

« Tu seras d'abord tuée à coups de pierres,
puis brûlée sur un bûcher. Ainsi tu auras le
sort que tu as toujours désiré. »

GUDRUN

« Fais en sorte que tu évites toi-même demain
une fin pareille. Une belle mort me conduira
dans une autre vie. »

Ils habitaient la même demeure : ils se lan-
çaient des regards de colère et des paroles de
haine. Aucun des deux ne connut plus la joie.

La fureur s'éveilla au cœur de Hniflung (1) ;
il songea à la vengeance. Il alla dire à Gudrun
qu'il haïssait Atli. L'affreuse mort d'Hogni ne lui
sortait pas de l'esprit. Elle lui répondit qu'il serait heureux, s'il parvenait à la venger. Peu de
temps après, Atli était tué. Le fils d'Hogni le
tua avec le secours de Gudrun.

Le guerrier rapide s'éveilla : il sentit qu'il
était blessé ; mais il ne demanda point qu'on
vînt à son aide. « Qui a frappé le fils de Budli ?
Dis-moi la vérité. Il ne m'a pas blessé légère-
ment ; ma vie s'en va. »

GUDRUN

« Il ne sied pas à la fille de Grimhild de te trom-

(1) Hniflung semble être un fils de Hogni, qui aurait
déjà habité la cour d'Atli avant l'arrivée de son père.

per. C'est moi qui suis cause de ta mort, et c'est le fils d'Hogni qui t'a fait les blessures d'où s'écoule ton sang. »

ATLI

« C'est une fureur contre nature qui t'a poussée à commettre ce meurtre. C'est le comble de la fausseté de trahir l'ami qui se fie en vous.

» Insensé, je quittai ma demeure pour obtenir ta main, épouse délaissée, au cœur sauvage, ainsi qu'on t'appelait, et c'était la vérité, tu l'as bien prouvé. Nous t'amenâmes ici avec une suite nombreuse. Tout était magnifique dans notre cortège de fiançailles.

» De riches convives étalaient leur opulence. De nombreux troupeaux servirent à nous nourrir. Tout était en abondance et à profusion.

» Je te donnai en présent beaucoup d'or, trois fois dix serviteurs et sept belles servantes. C'était un superbe cadeau, et j'y ajoutai encore bien plus d'argent.

» Tu pris tout cela comme si c'eût été rien, et tu voulais avoir le pays que Budli me laissa. Tu me tendis des embûches et je n'obtins jamais rien de ton héritage. Bien souvent tu fis verser des larmes à ceux qui t'entouraient. Notre union a toujours été malheureuse. »

GUDRUN

« Tu mens, Atli, mais je m'en console sans peine. Je n'ai jamais été douce, c'est vrai, mais c'est toi qui as semé la discorde. Tu as combattu d'une manière odieuse contre tes jeunes frères. La moitié de ta maison descendit vers Hel. Tu as anéanti tout ce qui aurait pu te rendre heureux.

» Nous étions trois, mes frères et moi, et nous paraissions invincibles. Nous suivîmes Sigurd sur les flots. Chacun de nous dirigeait son navire vers une terre, située à l'orient : l'expédition était pleine de périls.

» Nous tuâmes un roi : sa terre nous appartint. Ses hommes nous firent hommage, nous étions les maîtres. Nous appelâmes les bannis hors des bois, et nous donnâmes le pouvoir à ceux qui, auparavant, étaient réduits à la misère.

» Sigurd, le guerrier Hiune, succomba, et mon bonheur finit avec lui. Mon infortune était grande, d'être si jeune encore privée de mon époux. Mais ce fut pour moi un plus grand malheur encore de venir dans la maison d'Atli. Il était dur pour moi, la veuve d'un héros, de ne plus le voir.

» Toi, jamais tu n'es revenu d'un combat, après avoir vaincu ton ennemi et remporté la victoire. Toujours tu voulais reculer et jamais te défendre. Il est vrai que tu cachais ta lâcheté. Mais elle n'en était moins un déshonneur pour toi. »

ATLI

« Maintenant, Gudrun, tu mens ! Et cela n'a-doucit pas ton sort ni le mien. Nous avons tout perdu. Seulement, Gudrun, que ta bonté ne me refuse pas les derniers honneurs à mes funé-railles. »

GUDRUN

« J'achèterai un navire et un cercueil de pierre. J'enduirai de cire le linceul qui t'enve-loppera. Je veillerai sur tout, comme si nous nous aimions. »

Atli mourut et ses fidèles gémirent. La reine remplit fidèlement toutes ses promesses. Alors Gudrun songea à s'ôter la vie. Mais elle devait

la conserver encore, et périr d'une mort diffé-
rente.

Depuis lors, on appelle heureux l'homme à
qui il est donné d'avoir une fille aussi brave
que celle de Giuki.

Dans tous les pays où il y aura des hommes
pour en écouter le récit, vivra le souvenir de la
lutte de ces proches parents.

GUDRUN SAUVÉE DES EAUX

(GUDBRUNARHVOT)

Après que Gudrun eut tué Atli, elle se dirigea vers la mer. Elle se jeta dans la mer pour s'ôter la vie, mais elle surnagea. Les flots la portèrent au delà du détroit, au pays du roi Jonakur qui la prit pour épouse. Ses fils furent Sœrli, Erp et Hamdir. Elle éleva auprès d'elle Swanhilde, la fille de Sigurd qui fut donnée en mariage au puissant roi Jormunrek (1). Près de lui était Biki. Biki conseilla à Randwer, fils du roi, d'épouser Swanhilde, puis il révéla ce projet

(1) Jormunrek est le roi goth Airmanarecks ou Ermanrich. Ce chant-ci, plus récent que les précédents, a pour but de relier la saga franque des Niflungen à la saga gothique. Nous le donnons encore ici, parce que Gudrun rappelle les principaux événements de sa vie et résume les épisodes de la saga de Sigurd.

au roi. Celui-ci fit pendre Randwer et écraser Swanhilde par des chevaux. Quand Gudrun apprit cela,
elle parla à ses fils.

Jamais on n'entendit paroles aussi amères,
inspirées par une mortelle douleur, que celles
qu'adressa la vindicative Gudrun à ses fils, pour
les exciter à la vengeance :

« Quoi ! Vous êtes assis là paisiblement ? Votre
vie va-t-elle donc se passer à dormir ? Comment
un joyeux entretien peut-il encore vous char-
mer, après que Jormunrek a fait écraser cette
belle jeune fille, votre sœur, sur le grand chemin, par des chevaux goths blancs, noirs et gris,
coursiers aux allures rapides ?

» Vous ne ressemblez guère à Gunnar et
à sa race ; vous n'avez point le cœur vaillant
qu'avait Hogni. Vous n'hésiteriez pas à la venger, si vous aviez autant de courage que mes
frères jadis, que ces chefs huns à l'âme intrépide ? »

Hamdir, au cœur fier, lui répondit : « Tu
étais moins disposé à vanter Hogni quand il
tira Sigurd de son sommeil. Les draps de ton
lit, si blancs et si bien tissés, étaient rougis du

sang de ton époux et tout couverts des traces du meurtre.

» Tu t'es trop hâtée de venger tes frères en égorgeant tes fils d'une âme cruelle. Nous pourrions bien venger sur Jormunrek la mort de notre sœur, si nous restons unis.

» Mais puisque tu nous excites au combat, va nous chercher les armes des rois huns. »

Comme Gudrun se rendit joyeusement à la salle d'armes, pour y choisir des heaumes dignes d'un roi, et de fortes cottes de mailles qu'elle apporta à ses fils ! Ces braves guerriers montèrent sur leurs coursiers.

Hamdir, au cœur vaillant, prit la parole : « Nous succomberons parmi les Goths, et nous ne reviendrons plus pour voir notre mère avant que tu prépares le festin des funérailles, en même temps pour Swanhilde et pour tes fils. »

Gudrun, la fille de Giuky, alla s'asseoir à l'écart accablée de tristesse. La malheureuse femme rappelait toutes les infortunes de ceux qu'elle avait aimés.

« J'ai eu trois maisons, j'ai eu trois foyers, j'ai été conduite dans la demeure de trois époux. Sigurd est celui que j'ai le plus aimé, et mes frères l'ont tué.

» Je ne puis assez pleurer mon malheur. Mais ces chefs m'affligèrent encore plus quand ils m'accordèrent à Atli.

» J'attirai près de moi mes courageux enfants. Rien ne pouvait adoucir ma peine avant que j'eusse coupé la tête de ces jeunes Niflungen (1).

» Je me dirigeai vers le rivage ; j'étais irritée contre les Nornes qui président à la vie ; je voulais échapper à la haine et finir mon existence dans les flots. Mais les vagues ne m'engloutirent pas ; elles me portèrent, et j'abordai à la rive pour vivre encore longtemps.

» Pour la troisième fois épouse d'un roi, j'espérais un sort meilleur. J'eus des enfants pour défendre mon héritage, j'eus des fils de Jonakur.

» Des vierges étaient assises à l'entour de Swanhilde. Parmi mes enfants, je n'en aimais aucun aussi tendrement qu'elle. Swanhilde était

(1) Ces jeunes Niflungen sont les enfants qu'elle avait eus d'Atli, et qu'elle tua pour venger le meurtre de ses frères.

dans mes appartements comme un rayon de soleil qui réjouit les sens.

» Je la parai d'ornements d'or et de beaux vêtements avant de la donner aux Goths. Oh! j'ai éprouvé la plus affreuse douleur, quand des chevaux fougueux ont foulé aux pieds, dans la poussière, les belles boucles blondes de Swanhilde.

» Ce qui m'a été le plus dur, c'est quand ils tuèrent Sigurd le victorieux sur ma couche, et ce qui m'a été le plus amer, c'est quand des serpents venimeux rongèrent le cœur de Gunnar. Mais ce qui m'a fait éprouver la plus vive douleur, c'est quand ils ouvrirent la poitrine d'Hogni lui vivant.

» Toutes ces douleurs, tous ces malheurs me reviennent à l'esprit. N'attends pas plus longtemps, Sigurd, conduis ici le noir coursier du sombre royaume. Plus jamais ne reviendra ici ma fille, à qui je donnai des parures d'or.

» Rappelle-toi, Sigurd, nos entretiens quand nous restions assis sur notre couche. O vaillant, viens ici du fond des demeures de Hel pour me prendre avec toi.

» Et vous, noble Jarls, dressez sous le ciel

un grand bûcher de troncs de chêne. Que la flamme consume ma poitrine accablée d'afflictions. Que le feu anéantisse ce cœur que la souffrance accable.

» Les hommes sentiront leur âme s'adoucir et les femmes leurs peines diminuer, quand ils entendront jusqu'à la fin le chant de mes douleurs (1). »

(1) Nous ne donnons pas ici le *Chant de Hamdir* (*Ham dismal*), le dernier des chants héroïques de l'*Edda*, parce qu'il se rapporte à le saga gothique d'Ermanrich, et non à la saga franque de Sigurd.

LE

CHANT DE HARPE DE GUNNAR (¹)

Il arriva que Gunnar, fils de Giuki, attendait
la mort dans la tour de Grabak, le serpent. Les
pieds du noble chef étaient libres, mais ses
mains étaient attachées par de fortes entraves.

On donna une harpe au héros victorieux dans

(1) Ce chant ne se trouvait point dans le manuscrit de
l *Edda*. Il a été découvert en Islande par Gudmund Mag-
nussen, en 1780. Le style, les pensées, la langue semblent trahir une origine plus récente que les poésies ed-
diques. On soupçonne qu'un pasteur Islandais, très versé
dans l'ancienne littérature, Gunnar Paulsen, en est l'au-
teur. Cependant un certain nombre d'écrivains défendent
encore l'authenticité de ce chant, et comme le débat n'est
pas encore tranché, nous croyons devoir donner ici la
traduction du *Chant de Gunnar*.

les combats. Il révéla son talent en jouant avec les doigts de ses pieds. Il fit résonner admirablement les cordes de la harpe. Nul ne savait en jouer aussi bien que le roi.

Voici le chant que chanta Gunnar. La harpe parla comme une voix humaine. Le chant était aussi doux que celui du cygne, et la tour aux serpents résonna aux sons des cordes d'or.

« J'ai vu ma sœur malheureusement mariée à celui qui haïssait les Niflungen. Atli invita ses deux beaux-frères, Hogni et Gunnar, à une fête, afin de les tuer tous deux.

» Au lieu de coupes pleines, ils trouvèrent la guerre, et, au lieu de festins joyeux, une lutte mortelle. Aussi longtemps qu'il y aura des hommes, ils diront : Jamais on ne vit trahison aussi perfide envers des amis.

» Pourquoi, Atli, tant de colère ? Brynhild s'est donné la mort ; elle-même a peut-être fait périr Sigurd. Est-ce une raison pour faire verser des larmes à Gudrun ?

» Du haut d'un arbre élevé, un corbeau nous avertit de notre perte, quand notre beau-frère succomba. Brynhild, la fille de Budli, m'annonça aussi qu'Atli nous trahirait. »

» Glaumwor ne l'ignorait pas non plus, lors de la dernière nuit où nous partageâmes la même couche. Des songes affreux épouvantèrent ma femme : « Ne pars pas, Gunnar, Atli est un traître.

» J'ai vu ta lance rougie de sang, et le fils de Giuki préparer une potence. Les vierges d'Odin, les Dises t'appellent. Méfie-toi, ton beau-frère veut te trahir.

» Kostbera, l'épouse d'Hogni, déchiffra aussi les runes et comprit les avertissements des songes. Mais le cœur des héros était intrépide, et aucun des deux ne trembla à l'idée d'une mort terrible.

» Le terme de notre existence à nous, fils de Giuki, a été réglé par les Nornes, d'après la volonté d'Odin. Personne ne peut résister au destin, ni abandonné du sort avoir confiance en lui.

» Je me réjouis, Atli, que tu sois forcé de quitter les anneaux d'or rouge que Reidmar possédait. Depuis que tu as fait couper le cœur d'Hogni hors de sa poitrine, je sais seul où ils sont cachés.

» Je me réjouis, Atli, qu'Hogni se soit mis à

rire quand vos Huns lui arrachèrent le cœur.
Le Niflung ne gémit point quand on lui enfonça
le couteau dans la poitrine. Il ne remua pas
la paupière au milieu de ses atroces souffrances.

» Je me réjouis, Atli, de ce que tu as perdu,
sous les coups de nos épées, tant de tes hommes
et les plus vaillants, avant d'arriver à ton but.
Notre vaillante sœur a tué ton frère.

» Jamais Gunnar, fils de Giuki, ne proférera
une parole de crainte dans la caverne de Graftwinir, dans le tombeau, et ce n'est pas en
hésitant qu'il s'approchera d'Odin, père des
armées. Depuis longtemps, le chef est habitué à
souffrir.

» Avant que Gunnar perde sa tranquillité
d'âme, Goïn, la vipère, m'aura percé le cœur,
Nidhoggr m'aura rongé les reins, et Linn et
Langbakr m'auront dévoré le foie.

» Mais Gudrun se vengera cruellement de la
trahison qu'Atli a exercée à notre égard. Elle
t'apportera, ô roi, les cœurs de tes fils rôtis pour
ton festin du soir. Tu boiras ton hydromel mêlé
à leur sang dans des coupes faites de leurs
crânes. Mais ta douleur sera encore plus amère,

quand Gudrun te reprochera ta lâcheté et ta cruauté.

» Ta vie ne durera pas longtemps après notre mort. Ta trahison envers tes beaux-frères te portera malheur. Tu mérites bien que notre sœur, accablée de maux, te fasse payer chèrement ton manque de foi.

» Gudrun te percera la poitrine d'une lance et Niflung se tiendra à côté d'elle. De grandes flammes entoureront ta demeure, et sur Nastrand, le rivage des morts, Nidhoggr te rongera.

» Déjà le serpent Grabak s'est endormi, ainsi que Graftwinir, Goïn, Moin et Grafwollud, Ofnir et Swafnir, tous gonflés de poison ; Nadr et Nidhoggr, Hring et Hoggward et toutes les vipères se sont endormies aux sons de la harpe.

» Seule, la mère d'Atli veille encore. Elle me perce le cœur au fond de la poitrine, elle me ronge le foie, elle me dévore les poumons, elle n'épargne pas la vie du roi.

» Tais-toi, harpe sonore ; je dois partir pour aller habiter désormais le vaste Walhalla, boire l'hydromel sacré avec les dieux, et manger du sanglier Sahrimnir aux festins d'Odin.

» Le chant de harpe de Gunnar est terminé. Ma voix vous a charmés pour la dernière fois. A l'avenir jamais aucun prince ne fera résonner ainsi sous les doigts de ses pieds les cordes de la harpe. »

LA SAGE DES NIBELUNGEN

DANS L'EDDA DE SNORRI

On raconte que trois des Ases, Odhin, Loki et
Honir se mirent en route pour visiter le monde.
Ils arrivèrent à une rivière, dont ils suivirent les
bords jusqu'à une cascade où une loutre, ayant
pris un saumon, le dévorait joyeusement. Loki
prit une pierre et la jeta sur la loutre, qu'il atteignit à la tête. Loki était fier de sa chasse, parce
qu'il avait abattu d'un coup une loutre et un
saumon. Et ils emportèrent le saumon et la
loutre. Ils parvinrent à une grande ferme, et le
cultivateur qui l'habitait s'appelait Hreidmar, et
c'était un homme prodigieusement fort et con-
naissant bien tous les sortilèges. Les Ases lui

demandèrent la permission de passer la nuit
chez lui, et ils lui dirent qu'ils avaient des pro-
visions, et ils lui montrèrent le produit de leur
chasse. Quand Hreidmar vit la loutre, il appela
ses fils Fafnir et Regin, pour leur dire que leur
frère Otr avait été tué, et il leur indiqua ceux
qui avaient fait le coup. Alors le père et ses deux
fils se jetèrent sur les Ases, les saisirent, les
lièrent et leur apprirent que la loutre était le fils
de Hreidmar. Les Ases offrirent comme composition autant d'or que Hreidmar en pouvait désirer, et l'accord fut scellé par des serments réci-
proques. On écorcha la loutre, et Hreidmar,
ayant pris la peau, dit qu'il fallait la remplir d'or
rouge, puis la recouvrir aussi d'or extérieurement, et qu'ainsi ils achèteraient la paix.

Odhin envoya Loki à Schwarzalfenheim. Celui-ci se rendit auprès du nain Andwari, qui
nageait dans l'eau sous forme de poisson. Loki
le saisit, le retint et lui demanda pour rançon
tout l'or qu'il possédait dans ses rochers, et
c'était un immense trésor.

Le nain cacha sous sa main un petit anneau
d'or; mais Loki le vit et lui ordonna de donner
aussi l'anneau. Le nain demanda de pouvoir

garder cet anneau, parce que, par son moyen,
il pourrait de nouveau augmenter son trésor.
Mais Loki répondit qu'il ne lui laisserait rien,
et, lui prenant l'anneau, il s'en alla. Alors le
nain dit que quiconque posséderait cet anneau,
le paierait de sa vie. Loki reprit qu'il pouvait en
advenir ainsi qu'il le disait, mais que ce serait
l'affaire de celui qui posséderait l'anneau à
l'avenir.

Il retourna vers la demeure de Hreidmar et
montra l'or à Odhin, et quand Odhin vit l'anneau, il le trouva beau. Il s'en empara et donna
tout le reste à Hreidmar. Il remplit la peau de la
loutre aussi bien qu'il le put, et quand elle fut
pleine d'or, il la dressa. Puis il se mit à la recouvrir d'or jusqu'à ce qu'elle fût cachée. Quand
cela fut fait, il dit à Hreidmar de voir si la peau
était complètement couverte.

Hreidmar s'approcha, examina tout avec
grande attention, et aperçut un poil de la barbe.
Il exigea qu'il fût aussi caché, que sinon le traité
serait rompu.

Odhin prit l'anneau, en couvrit le poil et dit
qu'ainsi il avait payé sa composition pour la
mort de la loutre.

Et quand Odhin eut pris sa lance et Loki ses
chaussures, et qu'ils n'avaient plus rien à
craindre, Loki dit que la prédiction d'Andwari
s'accomplirait, et que cet or coûterait la vie à
tous ceux qui en deviendraient les maîtres. Et
cela arriva ainsi. C'est pourquoi l'or s'appelle
la composition de la loutre et la rançon des
Ases.

Quand Hreidmar eut reçu cet or comme composition pour le meurtre de son fils, Fafnir et
Regin en réclamèrent une part comme composition pour la mort de leur frère, mais Hreidmar
ne leur en céda pas pour un denier.

Alors les deux frères s'entendirent pour tuer
leur père, à cause de l'or. Quand cela fut fait,
Regin demanda que Fafnir lui remît la moitié
du trésor. Fafnir répondit qu'il ne devait pas
espérer qu'il partageât l'or avec lui, attendu
qu'il avait tué son père pour le posséder, et qu'il
n'avait qu'à s'éloigner, s'il ne voulait point par-
tager le sort de Hreidmar.

Fafnir avait pris l'épée Hrotti et le casque
que Hreidmar avait possédé, et l'avait posé sur
sa tête. Ce casque s'appelait Œgirshelm, et il
inspirait l'épouvante à tous les humains. Regin

avait pris l'épée qui, s'appelait Resil, et il s'en-
fuit en l'emportant.

Fafnir se dirigea vers la Gnitaheide, s'y fit
une couche, prit la forme d'un dragon et s'é-
tendit sur l'or.

Regin se rendit auprès du roi Hialprek et devint son forgeron. Il se chargea aussi de l'édu-
cation de Sigurd, fils de Sigmund, fils de Wol-
fung.

Sa mère était Hiordis, fille du roi Eilimis.
Sigurd était le plus fort de tous les rois con-
ducteurs d'armée par sa race, par sa force et par
son intelligence.

Regin lui raconta que Fafnir était couché sur
son or et l'excita à s'en rendre maître.

Alors Regin forgea une épée qui s'appelait
Gram et qui était si acérée, que quand Sigurd
la tenait dans une rivière, elle coupait un flocon
de laine que le courant apportait contre son
tranchant. Puis, avec cette arme, Sigurd fendit
jusqu'en bas l'enclume de Regin.

Sigurd se rendit donc avec Regin sur la
bruyère, sur la Gnitaheide. Et Sigurd se creusa
une fosse sur le chemin que suivait Fafnir et s'y
cacha. Quand Fafnir se dirigea vers l'eau en ram-

pant, il passa sur la fosse; Sigurd le transperça
de son épée et ainsi le tua.

Regin s'approcha alors et dit à Sigurd qu'il
avait tué son frère, et qu'il exigeait comme
composition qu'il enlevât le cœur de Fafnir et
qu'il le fît rôtir au feu. Puis, se courbant jusqu'à terre, Regin but le sang de Fafnir et se
coucha pour dormir. Tandis que Sigurd faisait
rôtir le cœur, il crut qu'il était cuit à point, et
il voulut s'en assurer avec le doigt; mais la
graisse qui sortait du cœur s'attacha à son doigt
et le brûla, de sorte qu'il le mit dans la bouche.
Et lorsque le sang du cœur toucha sa langue, il
comprit aussitôt le langage des oiseaux, et il
entendit ce que disaient les aigles assis sur les
branches. Le premier disait :

« Voilà Sigurd tout couvert de sang,
» Et il fait rôtir au feu le cœur de Fafnir.
» Ce briseur de cottes de mailles me paraîtrait sage
» S'il mangeait cette chair, de vie étincelante. »

Et l'autre disait :

« Voilà Regin couché là-bas, et il songe
» Comment il trompera le héros qui se confie en lui.
» Son esprit méchant cherche de fausses accusations;
» Ce forgeron de malheur pense à venger son frère. »

Alors Sigurd se dirigea vers Regin et le tua.
Pluis il monta sur son cheval, qui s'appelait
Grani, et le conduisit à la couche de Fafnir, où
il prit son or, dont il fit deux ballots qu'il
attacha sur le dos de Grani. Et montant lui-
même en selle, il poursuivit son chemin. C'est
pourquoi on appelle l'or la couche de Fafnir, la
poussière de Gnitaheide et le fardeau de Grani.

Et Sigurd chevaucha jusqu'à ce qu'il arrivât à
une habitation située au haut d'une montagne.
Il s'y trouvait une femme endormie, revêtue
d'une cotte de mailles et d'un heaume. Il tira
son épée et fendit la cotte de mailles : elle
s'éveilla et dit qu'elle s'appelait Hilde. Son nom
était Brunhilde et c'était une Walkyrie.

Sigurd s'en alla chevauchant et arriva auprès
d'un roi qui s'appelait Giuki. Sa femme avait
nom Grimhild. Ses enfants étaient Gunnar,
Hogni, Gudrun et Gudny. Gutthorm était le
beau-fils de Giuki. Sigurd demeura là longtemps. Il s'éprit de Gudrun, la fille de Giuki ;
et Gunnar et Hogni jurèrent amitié à Sigurd.

Et alors Sigurd accompagna les fils de Giuki
chez Atli, fils de Budli, pour obtenir la main de
sa sœur Brunhilde en faveur de Gunnar. Elle

habitait la montagne d'Hindaberg. Son Burg
était entouré de Wafurlogi, le feu aux langues
de flammes, et elle avait fait le serment de
n'aimer que l'homme qui oserait chevaucher à
travers Wafurlogi, le feu aux langues de
flammes.

Sigurd chevaucha vers le sommet de la montagne avec les Giukungen, qui s'appelaient aussi
Niflungen, et Gunnar devait passer à cheval à
travers Wafurlogi. Il montait le cheval Goti,
mais ce cheval n'osa point s'élancer à travers
les flammes.

Alors Sigurd prit la forme et le nom de Gunnar, car Grani le bon coursier ne voulait porter
qu'un seul homme au monde, et c'était Sigurd.
Sigurd monta donc Grani et traversa Wafurlogi,
le feu aux langues de flamme.

Le même soir il célébra ses fiançailles avec
Brunhilde, et quand ils se mirent au lit, il tira
l'épée Gram du fourreau et la posa entre eux
deux.

Le matin, quand il se fut levé et revêtu de son
armure, il donna à Brunhilde comme *morgengabe* l'anneau d'or que Loki avait enlevé à Andvari, et il reçut d'elle un autre anneau en

échange comme souvenir. Après cela, Sigurd monta sur son cheval et chevaucha vers ses compagnons. Gunñar et lui reprirent de nouveau la forme l'un de l'autre, et Gunnar se rendit avec Brunhilde chez le roi Giuki.

Sigurd eut deux enfants de Gudrun : Sigmund et Swanhilde.

Il arriva un jour que Brunhilde et Gudrun se rendirent au bain pour laver leurs cheveux. Quand elles arrivèrent au fleuve, Brunhilde s'éloigna du rivage et s'avança plus avant dans le courant; elle ne voulait point, disait-elle, que sa tête fût mouillée par l'eau qui découlait des cheveux de Gudrun, attendu que son mari était plus brave que celui de Gudrun. Gudrun alla se placer à côté d'elle dans la rivière, et elle dit qu'elle pouvait bien laver ses cheveux au-dessus d'elle, vu que son époux dépassait en valeur et Gunnar et tout autre guerrier; car il avait tué Fafnir et Regin et leur avait enlevé leur trésor à tous deux.

Brunhilde répondit : « Gunnar a fait bien plus; il a traversé, chevauchant Wafurlogi, le feu aux langues de flamme, ce que n'a pas osé faire Sigurd. »

Gudrun se mit à rire et dit : « Crois-tu vraiment que Gunnar ait chevauché à travers Wafurlogi? Je crois, moi, que celui-là partagea ta couche qui m'a donné cet anneau d'or. Quant à l'anneau que tu portes au doigt, et que tu reçus comme *morgengabe*, il s'appelle Andwaranaut, et je ne crois pas que ce soit Gunnar qui l'ait enlevé sur la bruyère, sur la Gnita heide. »

Brunhilde se tut et rentra à sa demeure. Ensuite elle poussa Gunnar et Hogni à tuer Sigurd. Mais comme ils lui avaient juré amitié, ils chargèrent leur frère Gutthorm de porter le coup.

Gutthorm transperça Sigurd de son épée, tandis qu'il était endormi ; mais quand le héros reçut la blessure, il saisit son épée Gram, la lança vers le meurtrier, et le coupa en deux. Ainsi succombèrent Sigurd et son fils Sigmund, âgé de trois ans, qu'ils tuèrent aussi.

Ensuite Brunhilde se plongea une épée dans le cœur, et elle fut brûlée avec Sigurd. Gunnar et Hogni s'emparèrent du trésor, héritage de Fafnir, et de l'anneau Andwaranaut, et gouvernèrent le pays.

Le roi Atli, fils de Budli et frère de Brunhilde, prit pour femme Gudrun, qui avait été l'épouse de Sigurd, et ils eurent des enfants ensemble.

Le roi Atli invita Gunnar et Hogni à se rendre auprès de lui, et ils acceptèrent son invitation.

Mais avant de partir, ils descendirent le trésor, l'héritage de Fafnir, dans le Rhin, et, depuis lors, jamais plus on ne retrouva cet or.

Le roi Atli avait rassemblé une puissante armée avec laquelle il attaqua Gunnar et Hogni. Tous deux furent faits prisonniers, et le roi Atli fit couper le cœur de Hogni hors de sa poitrine, tandis qu'il vivait encore : ainsi périt ce guerrier.

Gunnar fut jeté dans la fosse aux serpents ; mais on lui apporta en secret une harpe, dont il joua avec les doigts de ses pieds, parce que ses mains étaient liées. Il endormit ainsi tous les serpents, sauf une vipère, qui, rampant sur son corps, le mordit à la poitrine, mit la tête dans la blessure, et se mit à ronger son foie jusqu'à ce qu'il fût mort.

Gunnar et Hogni étaient nommés Niflungen

ou Giukungen, et c'est pour ce motif qu'on
appelle l'or le trésor ou l'héritage des Niflungen.

Bientôt après, Gudrun tua ses deux fils et fit
monter leurs crânes en or et en argent en
forme de coupes à boire. Alors furent célébrées
les funérailles des Niflungen, et en cette circonstance Gudrun fit servir à Atli, dans ces
coupes, de l'hydromel auquel était mêlé le sang
des jeunes enfants, et elle fit rôtir leurs cœurs et
les donna à manger au roi. Et quand cela fut
fait, elle dit tout à Atli avec des paroles de
haine et de fureur.

De l'hydromel très fort avait été servi en
abondance, de manière que la plupart de ceux
qui assistaient au banquet s'endormirent. Pendant la nuit, elle se rendit avec le fils d'Hogni
auprès du roi, pendant qu'il dormait. Ils le
tuèrent et ainsi il quitta la vie. Puis ils jetèrent
du feu dans la vaste salle et brûlèrent tous ceux
qui s'y trouvaient.

Ensuite elle se dirigea vers la mer et se jeta
dans les flots pour s'y noyer. Mais les vagues la
portèrent au delà du golfe dans le pays qui
appartenait au roi Jonakur. Quand celui-ci la
vit, il la prit auprès de lui et l'épousa. Ils eurent

trois fils, dont les noms étaient : Soli, Hamdir
et Erp. Ils avaient les cheveux aussi noirs que
l'aile du corbeau, comme les avaient Gunnar,
Hogni et les autres Niflungen.

LA SAGE DES NIBELUNGEN

DANS LES ANCIENS CHANTS DANOIS

Quand les Scaldes des pays scandinaves cessèrent de faire entendre leurs chants si intimement unis à l'antique mythologie, c'est-à-dire vers le douzième siècle, la *Sage* héroïque ne s'effaça pas de la mémoire de la foule.

Les poésies populaires conservèrent les traits principaux de la tradition primitive en les modifiant successivement, d'après les influences contemporaines, et l'historien Saxo Grammaticus avoue qu'il leur a emprunté la matière de plusieurs de ces récits. Cette poésie populaire, écho assez fidèle des anciens chants héroïques, se développa surtout du quatorzième au seizième siècle. Elle est simple, naïve, mais énergique, et elle peint bien les mœurs violentes des guerriers du Nord, dont elle retrace les hauts faits.

Le récit y tient peu de place. Les personnages
entrent brusquement en scène ; leur langage est
bref, et toutes les circonstances accessoires des
événements sont supprimées. Le fait principal
est mis en relief sans phrases, sans transitions
et sans aucun de ces ornements de style que la
rhétorique fournit aux poètes des époques litté-
raires. C'est vraiment la muse populaire dans
sa naïveté encore barbare.

Parmi ces anciens chants, nous avons choisi,
pour le traduire, celui qui se rapportait directe-
ment aux événements qui font l'objet du
Nibelunge-Nôt.

On remarquera que la tradition se rapproche
plus de la forme qu'elle a dans l'*Edda* que de
celle qu'elle a prise dans le poème des *Nibelungen.* Seulement le rôle des personnages est
interverti, et Hagen a pris la place de Gunther.

La brusque conclusion de ce chant, où Hagen
se tue lui-même après avoir frappé Brunhilde,
ne rappelle aucune des traditions anciennes de
la *Sage.* Elle semble due à l'inspiration du
rhapsode, ou à cet instinct d'équité qui pousse
le peuple à vouloir la punition immédiate du
traître qui a tué son ami d'une façon si odieuse.

Tout ce qui se rapporte à la vengeance de l'épouse de Sigurd et à Atli paraît ignoré. La mort du héros principal, Sigurd, tué par trahison et à cause de sa bonté même, est le seul fait dont le souvenir se soit bien conservé.

LA SAGE DES NIBELUNGEN

DANS LES ANCIENS CHANTS DANOIS

SIVARD ET BRYNILD

Sivard avait un coursier qui lui obéissait en tout. Il enleva la fière Brynild hors du Glasberg (1) et la porta au jour brillant.

Les chefs du pays de Danemark ! — Il enleva la fière Brynild hors du Glasberg et la porta à la lumière du jour; puis il la donna au héros Hagen (2), d'après l'usage des frères d'armes (3).

(1) Le Glasberg est le burg entouré de flammes de l'*Edda*.

(2) Hagen prend ici la place du Gunnar de l'*Edda* et du Gunther des *Nibelungen*, mais dans les trois versions il est le meurtrier de Sigurd.

(3) Chez les peuples du Nord, les guerriers cédaient souvent leur fiancée à leur frère d'armes.

La fière Brynild et la fière Synild (1) s'en vont à la rivière, les deux jeunes femmes, pour y laver leurs vêtements.

— « Écoute, fière Synild, ma sœur chérie, comment as-tu obtenu l'anneau d'or rouge que tu portes à ton doigt ? »

— « Voici comment j'ai obtenu l'anneau d'or rouge que je porte à mon doigt. Sivard, le rude compagnon, mon cher fiancé, me l'a donné. Sivard, le rude compagnon, me le donna comme cadeau de fiançailles. Et il te donna, toi, au héros Hagen, suivant la coutume des frères d'armes. »

Aussitôt que la fière Brynild entendit cela, elle se retira dans la salle haute et se coucha malade de douleur. La fière Brynild se retira dans la salle haute et se coucha malade de douleur.

Et voilà le héros Hagen qui s'avance vers elle et lui demande :

— « Dis-moi, Brynild, belle vierge, chère fiancée, ne connais-tu rien dans le monde que tu désires avoir ? Y a-t-il au monde quelque chose

_____

(1) La Gudrun de l'*Edda,* la Kriemhilt des *Nibelungen.*

qui te puisse consoler ? Quand cela coûterait tout mon or rouge, tu l'obtiendras. »

— « Il n'y a rien au monde qui me puisse consoler, sauf de tenir dans ma main la tête de Sivard. »

— « Comment pourrais-tu tenir en tes mains la tête de Sivard ? Il n'y a point dans l'univers entier d'épée qui puisse le blesser (1). D'épée qui puisse le blesser, il n'en existe point dans l'univers entier, sauf sa propre épée si bonne et dont je ne puis disposer. »

— « Va dans la salle haute où se tient Sivard. Prie-le par son honneur de te confier son épée. Au nom de son honneur, demande-lui qu'il te confie son épée. Dis-lui : J'ai promis de combattre en un combat singulier pour ma bien-aimée. Et aussitôt que sa main t'aura remis la bonne épée, alors, je t'en prie, par le Dieu tout-puissant, ne m'oublie pas. »

Et voici le héros Hagen qui se couvre la tête d'une fourrure ; entrant dans la salle haute, il s'avance vers Sivard.

— « Te voilà donc assis ici, Sivard, rude com-

---

(1) On voit apparaître ici la tradition des *Nibelungen* qui fait Siegfrid invulnérable.

pagnon, mon cher frère d'armes? Veux-tu me
prêter, au nom de ton honneur, ta bonne épée?
Ta bonne épée, veux-tu me la prêter au nom
de ton honneur? J'ai promis de me battre en
combat singulier pour ma bien-aimée. »

— « Je te prête ma bonne épée qui s'appelle
Adelring (1). Jamais, dans aucun combat, tu ne
seras vaincu si tu la portes. Mais garde-toi des
pointes sanglantes qui se trouvent sous la poignée. Garde-toi des pointes sanglantes, car elles
sont rouges, et si elles blessent ta main, tu es
un homme mort. »

Aussitôt que Hagen put saisir l'épée, il s'en
servit pour tuer son frère d'armes chéri.

Il prit la tête sanglante sous sa fourrure et il
la porta dans la salle haute à la fière Brynild.

— « Maintenant, voilà la tête sanglante que tu
désirais avoir. Par ta faute, j'ai tué mon bon
compagnon d'armes, et cela m'afflige profondément. »

— « Enlève cette tête sanglante ; ne me la fais
pas voir. Maintenant je veux t'accorder ma foi
pour te rendre heureux. »

(1) L'épée Balmung dans les *Nibelungen*, Gram dans
l'*Edda*.

— « Et moi, jamais je ne te donnerai ma foi ; car je suis très malheureux. Par ta faute, j'ai tué mon bon frère d'armes, et cela m'est une grande peine. »

Et le héros Hagen tira son épée, saisit la fière Brynild, et la fendit en deux. Puis il posa la bonne épée contre une pierre, et sa pointe acérée causa de la douleur au fils du roi. Il posa donc la bonne épée contre la terre noire et la pointe acérée perça le cœur du fils du roi. Oh ! c'est un grand malheur que cette vierge soit née. A cause d'elle, deux nobles fils de rois périrent, les chefs du pays de Danemark !

LA SAGE DE SIGURD

DANS LES CHANTS DES ILES FÉROE

Nous avons vu que la légende héroïque de Sigurd et de Brunhild inspira les chants populaires
des deux races germanique et scandinave jusque
vers la fin du douzième siècle. Au onzième, elle
prend, en Islande et en Norvège, la forme lyrique que nous a conservée l'*Edda* ; au douzième,
elle revêt en Allemagne la forme épique que
nous trouvons dans le *Nibelunge-nôt ;* mais bientôt après ces traditions héroïques semblent s'ef-
facer de la mémoire du peuple ou bien elles se
transforment en simples récits, en contes pour
les enfants, *kindermârchen.*

Il est pourtant un lieu où la *Sage* de Sigurd

est restée le sujet de chants populaires qu'on redit encore maintenant aux jours de fêtes, et ce lieu, ce sont les îles Féroë. Les îles, comme les montagnes, conservent plus longtemps que les plaines les réminiscences du passé. Elles forment des points isolés que le mouvement des idées et des générations nouvelles n'atteint pas. Mœurs, costumes, habitudes, chants, croyances, tout y reste à peu près immuable : les siècles passent sans y rien modifier. C'est ainsi que la *Sage* héroïque de Sigurd s'est conservée dans les îles Féroë, non dans les livres, mais dans des chants très semblables à ceux des poètes du quatrième et du cinquième siècles ; même simplicité dans la forme, même rudesse dans les idées, même absence de tout artifice littéraire. Les héros changent parfois de nom, mais les traits généraux du caractère sont peu modifiés. Le Sigurd et la Brunhild des Féroë ressemblent beaucoup à ceux de l'*Edda*. Regin est devenu forgeron, mais il remplit toujours le rôle du traître et il représente l'astuce et la perfidie. Quelques détails du récit rappellent cependant la version allemande du *Nibelunge-nôt*. Ainsi Sigurd est tué à la chasse et non dans son lit, comme dans l'*Edda*. Comme dans les Nibelungen, on ne lui procure pas les moyens de se désaltérer et pour le frapper on saisit le moment où il se penche sur la source qui doit étancher sa soif.

Les fréquentes répétitions qu'on trouve dans les poésies des Féroë sont propres à tous les chants populaires ; elles plaisent aux imaginations naïves et elles gravent mieux les faits dans la mémoire.

Puisque la légende de Sigurd aux Féroë contient des traits à la fois et de la version scandinave et de la version germanique, il faut admettre que son origine remonte à l'époque où ces deux branches de la *Sage* ne s'étaient pas encore séparées, c'est-à-dire dès avant la fin du cinquième siècle. Nous avons donc ainsi des traditions héroïques transmises de génération en génération, par la mémoire seule, depuis quatorze siècles, sans qu'elles aient subi d'altérations graves ; c'est un exemple très frappant et unique, je crois, dans l'histoire de la poésie. Il permet de comprendre comment les antiques légendes de la Grèce et les chants homériques ont pu se conserver à travers de longs espaces de temps sans le secours de l'écriture.

En 1817, un candidat en théologie, H. C. Lyngby, fit une excursion botanique dans les îles Féroë. Vivant de la même vie que ces populations de pâtres et de pêcheurs, couchant dans la hutte de ces pauvres gens, jusqu'au sommet de leurs montagnes, il fut très étonné d'entendre des expressions et des proverbes se rapportant à la tradition des Nibelungen. On disait, par exemple, en manière de reproche : « Tu ne vaux pas mieux que Regin. » Voulait-on louer les soins qu'une femme donnait à un animal domestique, on rappelait ceux dont Gudrun entourait le cheval Grani. Puis il entendit chanter des strophes entières qui lui rappelèrent l'Edda.

De retour en Danemark, il annonça sa merveilleuse découverte qui fit grande sensation parmi les savants. Muni d'un subside royal, Lyngby retourna aux Féroë et réunit quelques-uns de ces chants qu'il publia en 1822, avec une introduction de P. E. Müller et une traduction danoise.

Plus récemment, la *Société royale de littérature ancienne* de Copenhague envoya aux îles Féroë un érudit mieux préparé que Lyngby à recueillir avec fruit les antiques poésies du Nord qui avaient survécu là comme par miracle. M. C. U. Hammershaimb s'est acquitté avec amour et respect de sa mission scientifique et il a publié les chants héroïques des Féroë en y joignant une traduction en danois (1).

Dans les longues soirées de l'hiver, tandis que l'on file la laine grossière des moutons, les habitants des Féroë chantent encore les anciennes *sages*. Aux repas de noces, ils aiment à répéter le *lied* de Sigurd. Des rondes se forment et la jeunesse danse, en redisant en chœur le refrain : « Grani portait l'or sur la bruyère. » Ce sont ces mœurs et ces poésies primitives qu'il faut étudier quand on veut se faire une idée du mode de formation de ces antiques compositions, les *sages* héroïques. Seulement il faut se rappeler que les anciennes coutumes belliqueuses ont disparu. Les habitants des Féroë ne sont plus ces rois de la mer, ces hardis pirates qui faisaient trembler les tribus du continent; ce sont de braves gens très pacifiques, qui ne

(1) Voyez A. Raszmann, *Deutsche Heldensage* et P. E. Müller, *Sagabibl.*

songent qu'à soigner leurs petits moutons noirs
et à lever leurs filets. Le christianisme a adouci
les farouches guerriers du paganisme. Ils ont
adopté des habitudes moins épiques mais plus
rassurantes pour les navigateurs qui traversent
la mer du Nord.

CHANTS DES ILES FÉROË

LE FORGERON REGIN

Si vous voulez entendre un récit concernant les puissants rois dont je vais vous dire le nom, alors écoutez mes chants.

REFRAIN. — Grani emportait l'or de la bruyère. Sigurd brandissait son épée, animé de fureur. Il vainquit le dragon. Grani emportait l'or de la bruyère.

Sigmund, ainsi se nommait le fils du Jarl, et la jeune Hiordis était sa femme. Et joyeux ils buvaient dans le royaume de Jul. Ils étaient magnifiquement assis sur leurs sièges royaux.

La paix de leur heureuse demeure fut trou-

blée. Les montagnes du puissant roi furent
vaillamment défendues.

Elle était terrible la marche des forts guerriers. La paix du pays du puissant roi fut
troublée ; elle fut troublée la paix du pays du
puissant roi.

Le combat eut lieu vers le sud, au bord de la
mer. Ils chevauchèrent dans la mêlée, et nul
n'en revint.

Hiordis continua à vivre accablée de soucis et
de douleurs. Ils chevauchèrent dans la mêlée
et y laissèrent la vie. Hiordis survécut, la
femme de Sigmund.

Hiordis s'enveloppa d'un manteau bleu et se
rendit sur le champ de bataille où gisait Sigmund.

— « Te voilà étendu là, Sigmund, mon bien-
aimé, je suis venue vers toi pleine de soucis.
Ecoute-moi : vaillant Sigmund, mon bien-aimé,
y a-t-il quelque chose qui puisse guérir les
blessures ? »

— « Tu es venue trop tard, Hiordis, pour
m'apporter les baumes qui pourraient guérir
mes blessures. Les fils de Hunding m'ont blessé
ainsi au milieu du choc des boucliers. L'épée

dont ils m'ont frappé était empoisonnée. Quand je reçus le premier coup, mon épée se brisa en deux, et quand je reçus le second coup, mon cœur suffoqua de fureur. Pense à cela.

» Prends les deux morceaux de mon épée, et fais-les porter au forgeron par le jeune fils que tu as conçu.

» L'espoir que tu portes en ton sein, c'est le fils d'un héros. Élève-le avec soin, et donne-lui le nom de Sjurd. Je te le dis en vérité, ce fils vengera ma mort. Regin le forgeron habite de l'autre côté du fleuve. Tu lui feras porter les deux morceaux de mon épée.

» Le dragon qui est couché sur la bruyère, sur la Glitraheide, s'appelle Frœnur. Regin est un forgeron habile, mais il est peu d'hommes qu'il ne trahisse.

» Je ne puis continuer à te parler, ô Hiordis; voici ma dernière heure. »

Hiordis s'arracha du corps de Sigmund en pleurant. Toutes ses femmes étaient auprès d'elle. Toutes ses femmes étaient auprès d'elle, quand la reine Hiordis tomba évanouie. Tout cela était arrivé subitement. La reine songea à la vengeance dès la même nuit. Hiordis ne re-

cula point devant la dépense. Elle fit forger pour
Sigmund un cercueil d'or rouge. Pour lui,
elle fit préparer un cercueil d'or rouge, et elle
y fit placer une croix d'argent brillant.

Vers l'est, sur la colline, les guerriers prépa-
rèrent tout dans la campagne, et ils descendirent son beau corps dans la terre sombre. Vers
l'est, sur le penchant de la colline, les guerriers
se dirent entre eux : C'est un triste et sombre
jour que celui où il faut descendre sous terre !

En gémissant, Hiordis alla s'asseoir dans son
appartement. — Le roi Hialprek fut le premier
qui voulut visiter la veuve. Le roi Sigmund
n'était plus auprès de Hiordis. La reine reçut le
roi Hialprek.

La veuve porta l'enfant dans son sein pendant
neuf mois entiers jusqu'à ce que vînt l'heure où
elle mit au monde un fils d'un cœur vaillant. —
La veuve porta l'enfant dans son sein pendant
neuf mois entiers jusqu'à ce que vînt l'heure où
elle mit au monde un fils très beau.

Et il arriva, comme cela se présente souvent,
que les souffrances commencèrent sans que la
reine s'y attendît. Elle monta dans la salle haute
et mit au monde un fils. Et, au moment de sa

naissance, elle l'enveloppa dans ses vêtements, et le bel enfant, elle le fit nommer Sjurd.

Et il grandit dans le royaume et devint un fier jeune homme. Ce fut le roi Hialprek qui l'éleva.

Il grandit dans le royaume et en peu de temps il devint très adroit à porter des coups terribles et il l'emportait sur tous les guerriers du roi.

Il s'avançait au combat sous son bouclier d'or rouge et il apprit à exécuter tous les faits d'armes auxquels se plaisent les guerriers.

Dans la lutte, il était plus fort que tous les autres jeunes gens. Et chaque fois que la colère le prenait, le combat finissait mal pour eux. — Il s'avançait au combat parmi les hommes d'armes et il arrachait de gros troncs de chênes, et avec cela il les frappait souvent jusqu'à les tuer.

Les jeunes gens s'assirent ; ils étaient animés de colère : « Tu ferais mieux, lui dirent-ils, de venger ton père que de nous battre avec tant de violence. »

Quand Sjurd apprit comment son père était mort, il jeta son bouclier rouge sur la terre noire et il devint aussi noir que la terre.

Il jeta loin de lui son épée et son armure : il n'aimait plus à se battre. Et il alla ainsi désarmé vers sa mère, les joues tour à tour rouges et pâles.

« Écoute, ô mère chérie, et dis-moi la vérité. Comment s'appelait celui qui a tué mon père ? »

— « Je puis te dire la vérité à ce sujet. Ce furent les fils de Huding qui tuèrent ton père. Ton père fut tué par les fils de Huding. Jamais, ta vie durant, tu n'accepteras de composition de leurs mains. »

Sjur répondit à sa mère du mieux qu'il put : « Déjà dans la gueule du jeune chien ont poussé des crocs aigus. »

Hiordis se dirigea vers un coffre qui était tout lamé d'or : « Voici l'armure que portait ton père quand il fut tué. »

Elle ouvrit le coffre où elle renfermait beaucoup d'or et de joyaux, prit la chemise ensanglantée, et la jeta sur les genoux de son fils.

Elle prit aussi les morceaux de l'épée et les remit à Sjurd : « Voilà ce que m'a donné ton père qui me chérissait si tendrement. Prends les deux morceaux de son épée, afin d'en faire forger une nouvelle aussi bonne que la première.

Le forgeron Regin demeure de l'autre côté du fleuve, tu lui feras porter les deux morceaux de l'épée.

» Le dragon qui est couché sur la bruyère sur la Glitraheide s'appelle Frœnur. Regin est un forgeron habile, mais il est peu d'hommes qu'il ne trahisse. Va vers la cascade et jette une pierre dans le fleuve et prends le cheval qui ne recule pas devant toi. »

Il alla vers la cascade, jeta une pierre dans le fleuve et prit le cheval qui ne recula point devant lui.

Il était choisi parmi tous ceux du royaume et c'était le meilleur, et il fut appelé Grani, le cheval de Sjurd.

Un matin de bonne heure, Sjurd s'élance sur le dos de Grani, et traverse le fleuve, afin d'aller visiter Regin le forgeron.

Et voilà le jeune Sjurd qui chevauche devant sa porte. Regin rejette loin de lui tous ses outils de forgeron et saisit une épée.

— « Écoute, illustre Sjurd, tu es un homme bien vaillant ; où donc veux-tu aller ? de quel côté diriges-tu ta course ? »

— « Ecoute, Regin, c'est vers toi que se diri-

geait ma course. Rends-moi ce service, habile
forgeron, forge-moi une épée. »

— « Sois le bienvenu, jeune Sjurd; j'éprouve
de l'affection pour toi. Si tu restes quelque temps
en ce pays, passe la nuit en ma demeure. »

— « Je ne puis, forgeron Regin, demeurer
auprès de toi. Le roi Hialprek m'appelle en son
burg. Forge-moi convenablement cette épée, de
manière que je puisse couper le fer et l'acier.
Tu me forgeras cette épée claire et étincelante,
qui tranchera le fer et la pierre. »

Regin saisit l'épée et la plaça dans le feu. Il y
travailla dix nuits entières. Dix nuits entières,
il y travailla.

Le jeune Sjurd se met de nouveau à chevaucher.

Un matin, de bonne heure, Sjurd s'élance
sur le dos de Grani et il traverse le fleuve, afin
de se rendre auprès de Regin.

Et voilà le jeune Sjurd qui chevauche devant
sa porte. Regin rejette loin de lui tous ses outils
de forgeron et saisit une épée.

— « Sois le bienvenu, Sjurd; j'ai forgé ton épée.
Si le cœur et le courage ne te font pas défaut,
tu seras bien préparé pour combattre. Je t'ai

forgé une épée claire et étincelante, qui cou-
péra et le fer et la pierre. »

Sjurd s'avance vers l'énorme enclume, afin de
faire l'épreuve de sa force. L'épée, du coup, se
brisa en deux.

— « Tu mourras, Regin, et de ma main, car tu
as voulu me tromper avec tes ruses d'armurier.»

Il prit les deux morceaux de l'épée et les jeta
sur ses genoux. Regin, le forgeron, se mit à
trembler comme une feuille de lis. Il prit les
deux parties de l'épée brisée en sa main, mais
sa main tremblait comme la tige d'un lis.

« Tu vas me forger une autre épée; mais sache-
le bien, Regin, si tu ne la fais pas mieux que
celle-ci, tu ne conserveras pas la vie. Tu me
forgeras une épée d'une trempe effroyablement
dure. Je veux pouvoir couper et le fer et l'acier. »

— « Si je te forge une autre épée et si elle est
meilleure que celle-ci, je veux avoir pour prix le
cœur du dragon. Entends-tu bien, jeune Sjurd?
si je te forge une autre épée, pour salaire je
veux avoir le cœur du dragon. »

Regin prit l'épée et la remit au feu. Il y travailla trente nuits entières ; trente nuits entières
il y travailla.

14

Et le jeune Sjurd se remit à chevaucher. Un matin, de bonne heure, il s'élança sur le dos de Grani et il traversa le fleuve afin de se rendre auprès de Regin le forgeron.

Et voilà le jeune Sjurd qui chevauche devant sa porte. Regin rejette loin de lui tous ses outils de forgeron et saisit une épée.

— « Sois le bienvenu, Sjurd. Je t'ai forgé une épée; si le courage ne te manque pas, tu iras loin en tes chevauchées. »

Sjurd s'avança vers l'enclume et frappa de toutes ses forces. L'épée était si dure qu'elle ne pouvait ni plier ni se briser. Sjurd frappe avec force et, du coup, il fend du haut en bas l'enclume et le billot qui la supporte.

Une source jaillit et donne naissance à un fleuve et un autre fleuve naît non loin de là (1).

Et il donna à son épée le nom de Gram.

---

(1) Ce vers ne se relie point au reste du chant. Les critiques, entre autres M. Raszmann, dans sa *Deutsche Heldensage*, pensent que c'est une allusion au Rhin, dans lequel Sigurd, suivant l'*Edda*, plonge son épée Gram pour essayer si elle coupe le flocon de laine que le courant apporte.

— « Écoute, illustre Sjurd, va, chevauche et cherche une femme. Pour un chef comme toi, je suis prêt à donner ma vie. »

— « Écoute, Regin, tu me parles ainsi, mais ô forgeron Regin, tu nourris d'autres sentiments au fond du cœur. »

— « Promets-moi encore ceci, illustre Sjurd : quand tu te rendras sur la bruyère, sur la Glitraheide, consens à ce que je t'y suive. »

— « Avant tout il faut que j'aille trouver parmi le choc des boucliers les fils de Hunding. Ensuite j'irai sur la Glitraheide, mais cela presse moins. D'abord j'irai trouver au milieu du choc des boucliers les fils de Hunding pour les tuer. Puis j'irai sur la Glitraheide et nul ne m'en empêchera. »

Et ainsi parle Sjurd le fils de Sigmund, et le bonheur l'accompagne. — Il s'élance au plus fort du choc des boucliers et venge la mort de son père. Il tua tous les fils de Hunding, avant de retourner en sa demeure. Il resta peu de temps dans le royaume, puis s'avança sur la Glitraheide.

Et c'était Sjurd le fils de Sigmund qui chevauchait à travers la forêt. Il rencontre un homme âgé (1) qui s'assied près du marais. Un homme se présente et nul ne le reconnaît. Il n'a qu'un œil au front et il tient à la main un arc finnois.

— « Écoute ceci, Sjurd, fils de Sigmund ; tu es un vaillant guerrier. — Où vas-tu, où se dirige ta course ? »

— « J'allai d'abord parmi le choc des boucliers pour trouver les fils de Hunding. Maintenant je me dirige vers la Glitraheide pour y accomplir des exploits dignes d'un héros. »

— « Écoute, brave Sjurd, et réponds-moi. Quel est ce farouche compagnon qui te suit ? »

— « Il s'appelle le forgeron Regin ; il est le frère du dragon. C'est pourquoi je l'ai pris avec moi en cette expédition. »

— « Quel est celui qui t'a fait creuser ces deux fosses ? Cet homme a songé à te faire périr. »

— « C'est Regin qui m'a conseillé de creuser ces deux fosses ; car il est mon compagnon fidèle en cette expédition. »

— Si c'est Regin qui t'a conseillé de creuser ces deux fosses, il est le plus méchant des traîtres

(1) Odin.

et il veut te faire périr. Prends bien garde,
Sjurd ; crains d'être tué par ce dragon. Creuse
une troisième fosse non loin de là ; c'est ainsi
seulement que tu pourras te préserver de son
venin. — Creuses-en encore une quatrième un
peu au delà ; c'est au fond de cette fosse qu'il
faut frapper le dragon. Creuse ici-près la quatrième fosse, et c'est là, Sjurd, que tu te plá-
ceras. »

Le dragon en rampant s'éloigne de son or,
qu'on le sache bien. Sjurd s'élance sur le dos
de Grani et s'apprête à chevaucher.

Le dragon en rampant a quitté son or, il
espère vivre en paix. Sjurd saisit sa lance terrible et s'arme aussi de son épée.

La chute d'eau était haute de trente coudées,
et le dragon était couché dessous. Son ventre
reposait sur les rochers, mais ses deux na-
geoires s'élevaient dans les airs quoique son
ventre reposât sur les rochers.

Et voilà le vaillant Sjurd qui brandit son
épée. Sjurd porta au monstre un coup si mer-
veilleux que tout s'en étonna. Les forêts et
leurs feuillages et la terre jusqu'en ses fondements en tremblèrent. Tout en trembla et les

forêts et leurs feuillages et la terre jusqu'en ses
fondements. Sjurd brandit son épée acérée et
coupa le serpent en deux.

En luttant contre la mort le dragon lui dit :
« Quel est le brave guerrier qui a osé porter ce
coup ? »

— « Je m'appelle Sjurd, le fils de Sigmund, de
Sigmund dont la jeune Hiordis était la femme. »

— « Ecoute, Sjurd, ce que j'ai à te dire. Qui t'a
suivi dans le chemin jusqu'ici? »

— « C'est Regin, ton frère, qui m'a montré le
chemin. C'est le plus méchant des traîtres ; il
voulait te faire périr. »

Le dragon répondit tandis que son sang
s'écoulait : « Tu dois frapper maintenant Regin
le forgeron quoiqu'il soit mon frère. Tue maintenant Regin le forgeron comme tu m'as frappé.
C'est le plus méchant des traîtres ; il veut te
faire périr. »

Et voici Regin le forgeron qui parle. « N'ob-
tiendrai-je pas maintenant, Sjurd, ce que tu
m'as promis? »

Sjurd perça le cœur quoiqu'il fût difficile d'y
arriver. Il le perça de sa lance qui avait trente
aunes de long.

Sjurd se brûla la main et la porta à sa bouche.
Et alors il comprit le langage des oiseaux et des
autres animaux.

Et les oiseaux sauvages assis au haut des
chênes disaient : « Il faut que toi aussi, Sjurd,
tu manges de ce rôti. »

Sjurd fit rôtir le cœur et l'enleva de sa lance.
Regin se coucha à terre pour boire le sang
vénéneux du dragon. Pour boire le sang vénéneux du dragon, Regin se coucha à terre.

Sjurd lui donna le coup de la mort à l'endroit
où il se tenait. Et c'était le jeune Sjurd qui
brandissait son épée. Il coupa en deux le forgeron Regin.

Sjurd pouvait alors se rendre maître d'un
grand trésor, car il avait tué le dragon aux
écailles élincelantes qui était couché sur la
Glitraheide.

Et c'était le matin, et le soleil rougissait
l'horizon. Il attacha douze coffres sur le dos de
Grani.

Il plaça douze coffres des deux côtés de la
selle, et puis lui-même s'assit dessus, ainsi me
l'a-t-on raconté.

Et Sjurd, assis dessus, se mit à chevaucher.

— Grani bondit sur la bruyère : il était plein de fureur.

Le cheval s'emporta à travers la marché déserte ; il ne connaissait pas le chemin. — Sjurd passa une froide nuit dans un fourré. — Et Grani s'élançait aussi rapidement sur les rochers que dans le plaine. Jamais, dans le burg d'un roi puissant, on ne verra son pareil.

Ici je terminerai mon récit ; pour cette fois je ne chanterai pas davantage. Je commencerai un autre *lied*, afin de l'imprimer dans la mémoire.

BRÎNHILD

J'ai entendu un chant qui fut chanté sur les vertes collines. C'était un récit des temps anciens, un récit de ce qui arriva au temps de Budli.

REFRAIN. — Grani emporta l'or de dessus la bruyère, Grani emporta l'or de dessus la bruyère. Sigurd brandissait son épée avec colère ; il remporta la victoire sur le dragon. Grani emporta l'or de dessus la bruyère.

Dans les temps anciens régnait un roi et nous l'appellerons Budli. Il avait une fille très belle, née pour rendre heureux. Un roi régnait sur la grande forêt et il s'appelait le joyeux Budli.

Et ce roi partagea de l'or et des anneaux entre tous ses guerriers. Partout sur les vertes collines

on parlait de sa fille unique. Elle s'appelait
Brinhild fille de Budli et c'était une belle
femme.

On parlait de la fille unique de Budli dans les
vertes forêts.

Elle s'appelait Brinhild fille de Budli, cette
femme charmante.

Brinhild habite à Hildarfiall et elle est la fille
de Budli.

Et dans les chants héroïques on disait d'elle
qu'elle faisait pâlir l'éclat du jour.

Brinhild siège à Hildarfiall au milieu du
royaume de son père. Une vive lueur jaillissait
de ses épaules et c'était comme si on avait vu
du feu.

Brinhild est assise sur son siège et elle peigne
ses cheveux. Ils sont fins comme de la soie et
brillants comme de l'or.

Brinhild est assise dans la salle, et les guerriers y entrent, mais nul ne se considère comme
digne d'elle.

Bien des guerriers, des fils de roi et des Jarls
avaient demandé sa main. Mais son cœur était à
l'abri de l'amour ; elle les refusa tous.

Et voilà le vaillant roi qui se revêt de son vêtement et qui s'avance dans la salle haute vers sa fille.

— « Ecoute, ma fille chérie, tu me crées maints périls en refusant tous ceux qui demandent ta main. Combien de temps accroîtras-tu mes soucis en refusant pour époux tous ceux qui entrent dans mon burg? »

— « Tais-toi, mon père, tais-toi ; ne parle pas ainsi. Il n'est pas encore venu le vaillant guerrier que je puis prendre pour époux. Le vaillant guerrier que je puis prendre pour époux n'est pas encore venu. — Vers l'est, au delà de la forêt, mon cœur s'élance vers lui. Et cet homme s'appelle Sjurd, fils de Sigmund, et c'est la jeune Hiordis qui le mit au monde. »

— « Vraiment ton amour est chose bien étrange, d'aimer ainsi un homme que tu n'as jamais vu. »

— « Ce sont les Nornes qui l'ont voulu ainsi. Cet amour remplit mon cœur. Il y a neuf hivers que j'aime Sjurd et mes yeux ne l'ont jamais vu. »

Le roi répondit tout en buvant le clair hydromel : « Pourquoi Sjurd est-il plus illustre que les autres fils de roi? Ecoute, ma fille chérie, je

té le dis encore, pourquoi est-il plus renommé,
ce Sjurd, que les autres fils de roi ? »

— « Voici pourquoi Sjurd est plus renommé
que les autres fils de roi : il a vaincu cent guerriers à la fois. Voici pourquoi il est plus renommé que les autres fils de roi : sa selle et sa
cuirasse brillent comme de l'or.

» J'ai entendu parler de son adresse et de sa
ruse. Avec sa bonne épée, il tua le dragon aux
couleurs chatoyantes. Je l'ai entendu dire; car
je n'y étais pas. Il a vaincu le dragon aux couleurs chatoyantes qui était couché sur la Glitraheide.

» Après qu'il eut tué le dragon aux écailles
chatoyantes sur la Glitraheide, Sjurd pensa à
s'emparer du grand trésor.

» Sjurd a tué le dragon aux écailles chatoyantes, et à cause de cela il est si riche que nul
dans le Hunenland, dans les pays des Hunen,
ne peut lui être comparé. »

— « Ecoute-moi, ô ma fille chérie, donne-moi
un conseil. Comment ferons-nous venir de son
royaume cet homme si fort ? »

— « Tu me permettras de préparer une salle
dans la marche solitaire. Là je demeurerai avec

une suite très peu nombreuse. Tu me donneras le siège d'or, afin que je place dans la marche solitaire le siège que les deux nains ont orné si habilement de runes forgés, ce siège que les deux nains ont si habilement orné de runes forgés. Une flamme, la Waberlohe, et de la fumée entoureront cette salle. Cette flamme, la Waberlohe, me protégera Seul l'illustre Sjurd osera s'y attaquer. »

Il lui fit ainsi préparer cette salle sur la marche déserte. — Et elle s'y rendit avec une suite peu nombreuse. Sur la marche solitaire, il lui fit construire une salle. Une grande flamme, la Waberlohe, et de la fumée l'entouraient.

Et il la fit entourer d'une grande flamme, de la Waberlohe, que les nains avec leurs runes s'entendaient à entretenir.

Et il fit brûler une si grande flamme, la Waberlohe, que les nains ne pouvaient s'en approcher par trahison.

Et c'était de bon matin ; le soleil rougissait les montagnes. Maints nobles guerriers chevauchaient vers le burg de Budli. Il était de bon matin et, à l'horizon, le soleil projetait ses rayons, quand maints guerriers renommés entrèrent dans la cour de Budli.

Brinhild est assise sur son siège, elle porte de l'or au front. Le roi Budli s'avance dans la salle et demande à parler à la jeune fille :

— « Le roi Gunnar est arrivé ici de la cour de Juki. Ecoute, Brinhild, ma fille, le roi Gunnar est arrivé ; il faut que tu lui dises : oui. »

Le roi Budli se tient debout appuyé sur la table. La jeune Brinhild, sa fille, ne répondit pas un mot.

Brinhild se lève de sa chaise ; elle étincelait d'or rouge. Elle fuit le burg de Budli et se retire à Hildarhoh. Grimur et Hogni, fils de Juki, se rencontrent sur la plaine verte. Les vierges tremblent à Hildarsaal, le fort burg de Budli est ébranlé.

Grimur et Hogni, fils de Juki, se battirent avec des épées acérées. Brinhild est assise, entourée de la Waberlohe, au milieu du royaume de son père. Elle se rejette en arrière dans son siège d'or et rit sous ses voiles blancs : « Celui qui chevauchera à travers la Waberlohe sera mon époux. »

Brinhild est assise dans sa chaise d'or, la belle

jeune fille. Elle attire de loin Sjurd vers elle pour son malheur.

Sjurd s'éveille de bon matin et raconte son rêve. Il se jetait dans les combats comme l'eau coule dans le torrent.

« Je rêvais que Grani se trouvait au milieu d'une flamme rouge ; devant lui sur le pré vert coulait un grand ruisseau de sang. Je rêvais que j'étais assis sur le dos de Grani et je ne lui épargnais pas l'éperon. Devant lui sur l'herbe verte coulait à flots le sang dés guerriers. Je rêvais que mon bouclier se brisait, ainsi que mon baudrier orné d'or. Je rêvais que ma bonne épée résonnait sur les casques d'or. »

Le matin de bonne heure, Sjurd s'habille de façon à mériter l'admiration de tous. Il se rend dans son jardin et il y apprend bien des choses.

Voici ce que lui dirent les oiseaux assis dans les arbres :

« Brinhild est belle, la fille de Budli ; elle attend ton arrivée. »

Et les oiseaux sauvages assis sur les branches des chênes lui dirent : « Brinhild, la fille de Budli est belle, elle attend ton amour. »

Voilà ce qu'apprit Sjurd, vers l'orient, dans son pays.

Brinhild est assise à Hildarfiall, elle est rebelle à l'amour.

C'était le matin, et le soleil resplendissait au loin ; il dit à Wiggrim, fils de Gunnar : « Selle-moi mon beau cheval. »

Le coursier, que Sjurd doit monter, est amené : ses flancs sont couverts d'écarlate. Le coursier est amené dans la grande salle ; il est couvert d'écarlate jusqu'aux crins du paturon. Sjurd se met aux mains des gants lamés d'or. Ainsi il chevauche droit devant lui.

Ainsi chevauche Sjurd, fils de Sigmund, sur le chemin de ce lointain voyage.

Le bon coursier bondit, les anneaux d'or résonnent. Le héros porte douze anneaux d'or. Il met au-dessus des autres son anneau royal d'or rouge. Il porte à la main douze anneaux d'or. Ainsi l'adroit guerrier s'élance vers le pays du roi Budli.

Grani court aussi vite sur les rochers que dans la plaine. Nul coursier semblable à lui n'est entré dans le burg du roi Budli. Grani court aussi rapide sur les rochers que dans la plaine. Nul coursier semblable à lui n'entrera plus jamais dans le burg de Budli.

Il passe devant la cour du roi Juki. Dehors se tient Grimhild entourée de maints guerriers. Entourée de maints guerriers, Grimhild se tient dehors. Elle accourt et de ses deux mains saisit les rênes. Elle accourt et saisit les rênes de ses deux mains, car jamais elle n'avait vu plus noble guerrier sur le dos d'un cheval.

Alors parla Sjurd, fils de Sigmund, qui portait le front haut :

— « Je croyais qu'il n'existait point de femme qui osât arrêter mon cheval. »

— « Sjurd, suspends ta course, écoute et réponds-moi. J'ai une fille qui est si belle et qui veut t'accorder son amour. »

— « Jamais je ne suspends ma course, tant que court mon coursier. Je continue à gravir la montagne où brûle la Waberlohe. Jamais je n'arrête ma course, mon coursier s'élance vers les bois. Je continue à gravir la montagne pour contempler une belle femme. »

Ainsi faisaient autrefois les amants emportés par l'amour et ainsi font-ils encore aujourd'hui.

Nul n'osait s'avancer assez près pour contempler la Waberlohe.

L'homme du guet a de la peine à se faire entendre ; il dit : « Celui qui chevauchera à travers la Waberlohe obtiendra la jeune fille. »

Grimur chevauche dans la verte plaine, il élève fièrement le front. Il guide son étalon vers le sommet, afin de s'élancer à travers les flammes.

L'illustre Sjurd s'écrie, qu'on le sache au loin :

« J'en porte le présage sur mon bouclier ; je veux chevaucher à travers le feu. »

Nul ne chevauche sur le sommet de Brinhild, sauf Sjurd le rapide. Lui et son cheval Grani traversent la fumée et les flammes.

Grani s'élance à toute vitesse à travers la campagne. Les pieds du cheval se dirigent vers les portes du haut burg. Ainsi, rapidement, Grani trotte en avant.

Il était ardent, le feu qui brûlait les flancs de Sjurd.

Sjurd gravit le sommet de Brinhild, ce que nul n'osa avant lui. D'un coup de son épée, il fend la haute porte. Avec sa bonne épée, il abat le bois des fenêtres. Il contemple alors la belle jeune fille couchée et revêtue de son armure.

L'illustre Sjurd entre dans la salle et regarde autour de lui. Il voit la jeune fille couchée seule sur son lit. Il contemple la belle jeune fille seule, endormie sous son armure.

Il lève son épée acérée, puis coupe et défait sa cuirasse.

Elle s'éveille, Brinhild, la fille de Budli, et regarde autour d'elle : « Qui donc possède l'épée acérée qui a coupé en deux ma cuirasse ? »

Brinhild s'éveille et regarde au loin autour d'elle : « Quel est le vaillant héros qui a coupé ma cuirasse ? »

— « Tu m'appelleras Sjurd, fils de Sigmund. C'est la reine Hiordis qui me mit au monde. Je suis venu d'un autre pays vers toi. Je m'appelle Sjurd, fils de Sigmund, ô ma bien-aimée. »

Brinhild se soulève sur son lit ; elle rit sous les linges blancs.

— « Sois le bienvenu, toi qui as quitté d'autres pays pour venir vers moi. Écoute, Sjurd, fils de Sigmund, qui t'a montré le chemin, quand tu chevauchas à travers la fumée et les flammes de la Waberlohe ? »

— « Deux oiseaux me dirent dans le bois ver-

doyant : Elle est belle, Brinhild, la fille de Budli et elle attend ta venue. Voilà ce que me dirent deux oiseaux sur mon chemin et c'est pour
cela que j'ai chevauché jusqu'ici. »

— « Ecoute-moi, Sjurd, fils de Sigmund, ne
sois point si prompt. Va d'abord à la cour de
mon père et demande-lui conseil. »

Sjurd, fils de Sigmund, parla ; il était à la
fois sage et beau :

Tu as reçu peu de bons avis de ton père.
Car tu as attendu bien longtemps ma venue. Je
ne vais point vers ton père, afin de lui demander
son conseil.

Les liens de l'amour l'attachèrent à la jeune
fille pleine de savoir. Asla, fille de Sijurd, fut
conçue à ce moment.

Il se coucha dans les bras de Brinhild. Appuyé
sur sa poitrine, il dit : « Je te fais le serment de
fidélité, jamais je ne te trahirai. »

Il déposa douze anneaux d'or sur ses genoux :

« Voilà le premier lien de nos fiançailles. »

Il déposa les douze anneaux d'or sur les genoux
de la jeune femme et tout au-dessus il plaça
son anneau royal auquel il tenait tant. Les
douze anneaux d'or, il les mit dans ses bras :

« Ce sera là le second lien de nos fiançailles. »

Et c'était Sjurd, fils de Sigmund, à qui ne manquait point la bonté. Il tresse trois anneaux d'or dans les cheveux de Brinhild. Ainsi fit Sjurd, fils de Sigmund, et le bonheur ne lui faisait point défaut.

Il demeura sept mois dans la résidence de la jeune fille.

— « Brinhild, donne-moi ma selle, et mon bouclier et ma cuirasse. D'autres devoirs m'appellent ailleurs. »

— « Reste plutôt en paix auprès de moi et réjouis-toi dans ma couche. Le roi Juki a une fille puissante dans les arts magiques. Jeune, tu perdras la vie. Tu épouseras Gudrun et tu ne jouiras plus de moi. »

— « Cela me paraît bien étrange. Rien de semblable ne m'arrivera jamais, Brinhild ; jamais mon amour ne se détournera de toi. »

Brinhild fille de Budli parla ; son cœur se glaçait dans sa poitrine :

« Le roi Juki a une fille, elle te charmera par son amour. Ecoute-moi, Sjurd, je te donnerai de l'or pour des anneaux. Ne chevauche pas vers Grimhild ; elle est pleine de trahisons. »

Elle le suivit longtemps sur le chemin et lui souhaita un bon voyage : — « Puisses-tu avoir longue vie, bonheur et succès en tout. Nous nous quittons cette fois au milieu de la félicité et de la joie. »

Sjurd, le noble héros, lui donna cette réponse :

« Jamais, ma vaillante bien-aimée, jamais tu ne sortiras de mon cœur. »

Et c'était Sjurd, fils de Sigmund, qui se tenait sur la selle et il embrassa Brinhild, la jeune femme, de tout son cœur.

Et c'était Sjurd, fils de Sigmund, qui vint chevauchant à la cour. Le roi Budli en personne s'avança à sa rencontre.

— « Sois le bienvenu, Sjurd, ici près de moi. Bois ce qui te plaît le mieux, de l'hydromel ou du vin. »

— « Je fais peu de cas de ton hydromel, peu de cas de ton vin. Donne-moi la jeune Brinhild, ta fille unique. »

— « Sois le bienvenu, Sjurd ; tu n'as pas besoin de m'envoyer des messagers. Je connais bien ta destinée jusqu'à la mort. Jeune encore tu périras. Tu épouseras Gudrun, et tu ne jouiras

pas de Brinhild. Tu as juré fidélité à Brinhild
et tu voudras tenir ton serment. Gudrun te donnera un breuvage enchanté qui te causera des
malheurs. »

— « Etranges sont tes paroles ; cela ne m'arrivera pas. Jamais mon amour ne se détournera
de ta Brinhild. »

Alors le roi Budli lui répondit, son cœur commençait à se glacer dans sa poitrine :

— « Le roi Juki a une fille qui te charmera
par son amour. »

— « Cela me paraît étrange. Jamais il n'arrivera que mon amour se détourné de ta Brinhild. »

— « Écoute ceci, Sjurd, ne te prépare pas
cette honte. Ne chevauche pas si loin, ne passe
pas devant la cour de Juki. Ne chevauche pas si
loin, ne passe pas devant la cour de Juki. Grimhild se tient dehors entourée de maints guerriers. Entourée de maints guerriers, Grimhild
se tient dehors. Elle voudra savoir où tu vas.
Où tu vas, voilà ce qu'elle voudra savoir. Car
jamais elle n'a vu sur le dos d'un cheval un si
noble guerrier. »

Il le suivit longtemps sur le chemin et lui

souhaitant bon voyage : « Puisses-tu avoir de
la santé, du bonheur et réussir en tout. »

Sjurd chevaucha à travers la forêt sans nul
danger. Tout à coup il voit un monstre qui
frappe des deux jambes de devant, une bête
horrible qui frappe des deux jambes de devant.
Elle lance du feu et jette du venin. Sa vie fut
en danger.

Sjurd est assis sur le dos de Grani, et il croit
qu'il ne trouvera pas le chemin. Grani ruait et
mordait, et bondissait de côté et d'autre.

Le coursier devenait furieux ; il ne retrouvait
point le chemin. Ainsi, Sjurd fut obligé de se
diriger vers la cour de Juki. Le monstre alors
disparut, il disparut aux regards de Sjurd. Et il
vit Grimhild assise, ornée de rubans de diverses
couleurs. Et il chevaucha si loin, jusque devant
la cour de Juki.

Grimhild se tient entourée de maints guerriers. Entourée de maints guerriers, Grimhild
se tient dehors. Elle accourt et des deux mains
saisit ses rênes :

— « Sjurd, suspends ta course, écoute et réponds-moi. J'ai une fille très belle qui veut t'accorder son amour. Gudrun, ma fille, est la plus

belle partout où elle va. Des roses et des lis
brillent sur ses joues. Ma fille Gudrun est belle
et te sied bien mieux que Brinhild qui ne lui
ressemble pas plus que l'hiver à l'été. Entre
dans la salle, tu ne t'en repentiras pas. Bois à
cette coupe, ton cheval sera mis en lieu sûr. »

Gudrun, la vierge, s'avança revêtue d'un manteau bleu. Ses cheveux pendent sur ses épaules,
entrelacés de bandelettes de soie.

Et voici Grimhild l'épouse de Juki qui parle à
sa fille :

— « Va dans la cave et mêle de l'hydromel et
du vin. Va dans la cave et mêle de l'hydromel et
du vin. Et fais en sorte d'y mettre une puissante force d'oubli. »

Alors la fille de Juki, Gudrun, parla ; elle avait
la langue prompte à la repartie :

— « C'est rarement un bonheur de prendre ce
qui appartient à autrui. Il y a dans notre pays
maints fils de rois et de Jarls. Désirer ce qu'un
autre possède est rarement un bonheur. »

Elle leva la main droite et donna à Gudrun un
coup dans les dents. Le sang coula sur sa poitrine et les guerriers le virent.

— « Tais-toi, Gudrun, ma fille : il faut beaucoup pardonner à une innocente. Il vaut mieux cependant faire soi-même des avances que de manquer un bon époux. »

Gudrun alla dans la cave et mêla de l'hydromel et du vin, et elle y mit une grande puissance d'oubli ; elle y ajouta une très grande puissance d'oubli. Puis elle en apporta une coupe à Sjurd et le pria d'en boire.

Il se mit à boire la bonne boisson, et en but dans une longue corne.

Sjurd perdit le souvenir et nul ne pouvait le guérir.

Et quand il eut bu il rendit la coupe. Il ne pensa plus à dame Brinhild et il ignorait où il se trouvait.

Gudrun but à la santé du beau guerrier. Sjurd ne songea qu'à une seule chose, à posséder Gudrun.

Et voilà la méchante femme Grimhild qui parle à sa fille :

— « Va dans la chambre et prépare-la pour notre hôte. »

Et Sjurd, fils de Sigmund, commençait à s'éprendre de la jeune fille. Aussitôt il fixa les noces, il ne voulait pas attendre longtemps.

On but joyeusement à ses noces et leur vie était heureuse. Tous deux partagèrent la même couche, Sjurd et sa femme.

Quinze flambeaux de cire, sans mentir, furent brûlés devant eux. Le roi et ses fidèles, tous les conduisirent au lit.

Sjurd monte dans la chambre et trouve le chemin vers Gudrun. Brinhild l'entendit à Hildarhohe, et la colère entra dans son âme.

Brinhild quitte Hildarhohe, la belle femme.

Sjurd visita Gudrun, mais le héros perdit la vie.

Brinhild parla et des larmes coulaient de ses yeux : « Gudrun, la fille de Juki, ne jouira pas du bonheur de posséder le brave guerrier. »

Brinhild s'écria à haute voix : « Je veux lui créer des soucis, car enlever ce qu'un autre possède donne rarement du bonheur. »

C'était le matin de bonne heure, à peine le soleil rougissait l'horizon. Les deux belles femmes entrèrent dans l'eau pour s'y laver.

C'était le matin de bonne heure, le soleil rougissait les collines. Les deux belles femmes se rendirent à la rivière pour s'y laver. Elles se rencontrèrent à mi-chemin, Brinhild et la fille de Juki. L'une était au comble du bonheur, et l'autre, accablée de douleurs. Elles se rencontrèrent à mi-chemin, Brinhild et la jeune Gudrun. L'une était au comble du bonheur, et l'autre, accablée de tristesse.

Brinhild se tut, Gudrun parla ; les deux femmes étaient disposées à se quereller :

« Pourquoi mon frère, le roi Gunnar, ne veut-il pas épouser une si belle femme ? »

Et voilà Gudrun, la fille de Juki, qui agissait avec outrecuidance. Elle ne voulait point se laver dans l'eau qui coulait des cheveux de Brinhild.

Elle s'avança jusqu'au milieu de la rivière où le courant était très fort, car elle avait pour époux Sjurd, qui était supérieur à tous les autres guerriers.

— « Cet anneau d'or rouge que tu vois à mon bras, Sjurd, fils de Sigmund, me l'a donné. Je l'obtins en dépit de toi. »

Brinhild, fille de Budli, parla, transportée de fureur : « Pour ce mot, Sjurd périra, si je conserve la vie. Que tu sois heureuse avec ce puissant guerrier, je ne le permettrai pas. J'ai obtenu l'amour de Sjurd, avant que tu l'aies vu. »

— « Sjurd a eu ta virginité et a porté atteinte

à l'honneur de Budli. Tu t'es livrée avec ardeur au héros, et maintenant il est mon époux. »

— « Il ne te convient pas, femme perfide, de m'adresser ce reproche. A cause de tes paroles, Sjurd périra, si je conserve la vie. »

— « Je ne crains point tes menaces, quelque féroces que soient tes paroles. Nul à la cour de Juki ne pourrait enlever la vie à Sjurd. »

Brinhild se retira en pleurant dans son appartement.

Gunnar, ce roi vaillant et renommé, veut la visiter.

Brinhild se mit au lit en ce moment et à cause de Sjurd elle endura de grandes douleurs pendant une heure. Quand Sjurd, fils de Sigmund, l'entendit, il alla lui-même visiter la charmante femme.

— « Il n'y a point de guerrier hun qui ait aussi mal agi que toi. Tu as trompé la femme à qui tu as d'abord juré fidélité. »

— « Écoute, ma vaillante bien-aimée, ne m'accuse point de cela. Mon cœur a été détourné de ton amour. »

Aussitôt que Brinhild put fixer ses yeux sur Sjurd, la belle jeune femme mit au monde une fille. Aussitôt Brinhild s'écria d'une voix forte : « Portez mon petit enfant au fleuve, je ne veux pas le voir. »

On emporta Asla, la fille de Sjurd, et on la laissa emporter au fil de l'eau. Le courant rapide et les flots agités emportèrent l'enfant loin de la terre.

Déjà plus d'un a été mis en péril à cause d'une belle femme.

Et maintenant la dernière heure de Sjurd est arrivée; il va perdre la vie.

Sjurd était un brave guerrier; il plongea son épée dans le sang. Et des femmes voulurent le tuer comme vous allez l'entendre.

Brinhild est assise dans sa chambre, l'âme accablée de tristesse. Elle ne veut ni parler, ni se reposer, la femme charmante.

Gunnar entra dans la salle armée d'une lance acérée : « Il périra de mort violente, celui qui t'a causé de la peine. »

— « C'est Gudrun, ta sœur, qui est cause de ma douleur. Car elle possède Sjurd, le brave compagnon, qui est supérieur à tous les autres. »

Brinhild est couchée dans son lit. Gunnar est appuyé au bord de la couche. Maintenant elle le pousse à une méchante action, si froide est son âme.

— « Jamais tu n'obtiendras mon amour, jamais même tu ne dois espérer l'obtenir, si tu ne fais point sortir Sjurd de ce pays. »

— « Écoute, ma vaillante bien-aimée, je ne puis penser que tu veuilles rendre le jeune Sjurd victime d'une trahison. » Puis Gunnar ajouta : « Il ne peut en être ainsi. Sjurd est mon frère par serment, je ne puis rien lui faire. »

— «Jamais tu n'obtiendras mon amour, jamais même tu ne dois essayer de l'obtenir. Aussi longtemps que mes yeux verront Sjurd, ma douleur ne finira pas.

— « Écoute, ma vaillante bien-aimée, tu me causes de grands soucis. Comment enlèverais-je la vie à Sjurd ? aucune épée ne peut le blesser. »

Alors Högni, fils de Juki, parla, tandis que ses joues pâlissaient :

— «Il y a maintenant quinze hivers que nous avons combattu l'un contre l'autre. »

Brinhild s'assit dans son siège d'or, qu'on sache ceci au loin.

Les Jukungen veulent chevaucher dans la

forêt. Brinhild est assie sur son siège, elle joue
avec un couteau doré.

- « Vous n'entrerez plus dans ma chambre
tant que Sjurd sera en vie. »

— « Eh bien, donc, écoute, Brinhild, fille de
Budli, donne-nous un conseil, comment pou-
vons-nous enlever la vie au jeune Sjurd? »

— « Donnez à Sjurd des mets très salés et qu'il
n'ait rien à boire, chevauchez dans la forêt sans
crainte, demandez-lui de changer entre vous de
selle et de cheval. Si ton cœur songe à la trahison, efforce-toi de l'accomplir le mieux que tu
pourras. »

Sjurd entre dans la salle, il est beau et sage;
Brinhild est assise courbée sur son siège.

Sjurd se tient debout sur le seuil, son bouclier d'or à la main. La jeune Brinhild, fille de
Budli, détourne de lui ses yeux.

Sjurd prend la parole, ce brave guerrier. « Si
je reviens de la forêt, je veux t'épouser. »

Brinhild répondit, sa langue était prompte à
la répartie :

« Je ne puis aimer deux rois à la fois sous le
même toit. »

Brinhild fille de Budli avait l'âme attristée :

« Ecoute, Sjurd, fils de Sigmund, tu n'es pas fiancé avec moi. »

Et il se fit un grand bruit dans le burg du roi. Les guerriers allaient s'éloigner en chevauchant.

Brinhild était appuyée sur le dos de son siège d'or, et ses larmes coulaient sur ses vêtements.

Le roi Budli passa agité de mille soucis : « Qu'on donne à Sjurd le heaume, l'épée et la corne à boire. Nul n'aime tant autrui, qu'il soit prêt à sacrifier ce qui lui appartient. »

Sjurd, fils de Sigmund, ne devait point rester plus longtemps en ce monde.

Alors le roi Budli dit en saisissant son anneau d'or rouge :

« Écoute, Brinhild, ma fille, pourquoi veux-tu tuer Sjurd ? Souviens-toi de cela, Brinhild, ma fille, songes-y à temps. C'est toi qui attiras Sjurd du pays du nord, vers nos vertes collines. Penses-tu à cela, ô ma fille chérie ? Tu as attiré Sjurd des pays du nord vers Hildarhohe. »

Le roi Budli sort de la salle, le matin de bonne heure. Brinhild est assise, la tête appuyée sur la main.

16

Ils chevauchent vers la forêt et Sjurd les accompagne.

Il ne soupçonnait pas la trahison qu'on machinait contre lui.

Brinhild est restée dans la salle, elle regarde au loin.

Le noble Sjurd chevaucha en avant, comme le premier et le plus brave des Jukungen. —

Brinhild s'assied dans son siège d'or, accablée de douleur. Accablée de douleur, elle laissa couler des larmes sur ses deux bras ; Brinhild pleura bien lamentablement, la belle femme !

« Adieu, adieu, Sjurd, fils de Sigmund ; je ne te verrai plus vivant. »

Ils chevauchent dans la forêt, joyeux et sans souci. Ils donnèrent à Sjurd des mets très salés et rien à boire.

Eux, ils boivent souvent à longs flots dans leur corne, tandis que celle de Sjurd est restée dans la salle de Juki. Ils boivent dans leur corne sans aucun souci.

Sjurd est assis sur le dos de Grani, et il désire boire.

Ils boivent dans leur corne, joyeux et sans souci.

Sjurd détache la courroie de son heaume et
descend de la selle, — il ne craignait aucune
trahison, — il descend de sa selle, et s'élance
vers la source; joyeux et sans souci.

Sjurd se couche pour boire l'eau de la fontaine. Rarement une bonne branche pousse sur
un mauvais arbre.

Sjurd se couche pour boire l'eau de l'étang.
Gunnar avait l'épée qui pouvait entamer le col
de Sjurd.

Hogni le perça et Gunnar le frappa avec
leurs épées d'assassins.

Ils commirent ce crime horrible, ils enlevèrent la vie à Sjurd.

Hogni le transperça et Gunnar le frappa, surtout par les conseils de Brinhild.

S'il avait prévu la trahison, il était homme à
les vaincre tous deux.

Il prit la parole; la colère et la haine l'ani-
maient. « Si j'avais deviné votre trahison, je
vous aurais vaincus, vous, et bien d'autres encore. »

Couché à terre il parla encore : « Si j'avais
prévu la trahison, je vous aurais vaincus
tous. »

Ils changèrent de vêtements et d'apparence extérieure ; mais Grani ne voulut point avancer : il était doué d'une intelligence humaine.

Quand Gunnar se fut mis en selle, Grani ne voulut pas avancer avant qu'on eût placé sur son dos Sjurd le rapide.

Ils prirent le corps de Sjurd, de ce brave guerrier, et le rapportèrent sur son bouclier.

Que d'hommes ont perdu la vie à cause d'une femme !

Ils prirent le corps de Sjurd et le reposèrent sur les genoux de Gudrun.

La fiancée ignorait tout ; elle ne s'éveilla que quand le sang coula sur le lit. Elle ignorait tout, la fiancée ; elle ne s'éveilla que quand le sang eut mouillé le lit.

Faut-il s'étonner qu'elle considérât cela avec horreur ?

Gudrun, la fille de Juki, s'éveilla et dit ces mots :

« Ce n'est pas de toi, roi Gunnar, que j'aurais dû attendre une trahison. »

Gudrun se dresse sur son lit ; elle essuie le sang et embrasse la bouche sanglante et la tête de Sjurd.

Alors Gudrun, la fille de Juki, prit la parole :

« Je vengerai la mort de Sjurd, à moins que je ne perde la vie. »

Gudrun se dirigea vers la grande salle et se débarrassa de son manteau rouge, — sa vie était désolée par la mort de Sjurd.

— « Écoute ceci, ma chère fille, ne pleure point la mort de Sjurd. Artala, roi du Hunenland, ne manque point d'or rouge. »

Gudrun, la fille de Juki, parla ; elle était accablée de douleur :

— « Là-bas je vengerai la mort de Sjurd, à moins que je ne perde la vie. »

Brinhild s'était endormie tant de nuits dans les bras de Sjurd, et maintenant qu'elle avait causé sa mort, de douleur son cœur se brisa. Brinhild mourut de douleur, Sjurd perdit la vie.

On peut juger de la beauté de Brinhild d'après l'amour qu'elle inspira.

Après la mort de Sjurd, Brinhild succomba à sa douleur.

Ils apportèrent à Gudrun de l'or, des trésors et maint anneau d'or rouge.

Maintenant, il faut dire cette vérité, que les femmes ont le cœur tendre. Gudrun parcourut le monde entier en tenant Grani par la bride.

Je cesse ici mon chant. Pour cette fois je ne chanterai pas davantage.....

FIN

TABLE DES MATIÈRES

PRÉFACE V

Premier chant de Sigurd, vainqueur de Fafnir, ou la
    prophétie de Gripir. 23

Deuxième chant de Sigurd, vainqueur de Fafnir. . 37
    Le chant de Fafnir. 47
    Le chant de Sigurdrifa. 59

Troisième chant de Sigurd, vainqueur de Fafnir . 69
    Second chant de Brynhild (fragment) 83
    Descente de Brynhild vers le royaume de Hel . . 88

Premier chant de Gudrun. 93
    Mort des Niflungen. 99

Deuxième chant de Gudrun. 101

Troisième chant de Gudrun. 111
    La plainte d'Oddrun. 114

La Saga d'Atli. 121

Le chant d'Alli 133

Gudrun sauvée des eaux 157

Le chant de harpe de Gunnar 163

La Sage des Nibelungen dans l'Edda de Snorri. . . 169

La Sage des Nibelungen dans les anciens chants danois 183

La Sage de Sigurd dans les chants des îles Féroë . 195

Chants des îles Féroë. — Le forgeron Regin . 201

Brinhild 217

ÉMILE COLIN, IMPRIMERIE DE LAGNY (S.-ET-M.).

Extrait du Catalogue de la Librairie

E. FLAMMARION, Éditeur, rue Racine, 26

PARIS

AUTEURS CÉLÈBRES

A 60 CENTIMES LE VOLUME

La collection des *Auteurs célèbres* à **60** centimes le volume a été créée en 1887. Son but est de mettre entre toutes les mains de bonnes éditions des meilleurs écrivains modernes et contemporains. Avec des caractères très lisibles, sous un format commode et digne de tenir une belle place dans toute bibliothèque, il paraît chaque semaine un volume qui constitue toujours un tout complet. Depuis la fondation de cette publication, plus de **cinq millions d'exemplaires** ont été répandus dans l'univers. Elle a exercé une influence incontestablement heureuse sur la diffusion du goût de la lecture dans toutes les classes de la société, en même temps qu'elle a propagé à l'étranger l'usage et l'action de la langue française. C'est là un beau résultat.

Voici la nomenclature complète des ouvrages composant à ce jour la collection des *Auteurs célèbres*, à laquelle collaborent toutes nos célébrités.

AICARD (JEAN)............ Le Pavé d'Amour.
ALARCON (A. DE)......... Un Tricorne. (Trad. de l'espagnol.)
ALEXIS (PAUL)........... Les Femmes du père Lefèvre.
ARCIS (CH. D')........... La Correctionnelle pour rire.
   —   La Justice de paix amusante.
ARÈNE (PAUL)............ Le Canot des six Capitaines.
   —   Nouveaux Contes de Noël.
AUBANEL (HENRY)........ Historiettes.
AUBERT (CH.)............ La Belle Luciole.
   —   La Marieuse.
AURIOL (GEORGES)....... Contez-nous ça!
BEAUTIVET.............. La Maîtresse de Mazarin.

BELOT (ADOLPHE)........ Deux Femmes.
— Hélène et Mathilde.
— Le Pigeon.
— Le Parricide.
— Dacolard et Lubin.
BELOT (A.) ET DAUDET (E.). La Vénus de Gordes.
BELOT (A.) ET DAUTIN (J.). Le Secret terrible.
BERTHET (ÉLIE)............ Le Mûrier blanc.
BERTOL-GRAIVIL........... Dans un Joli Monde { Les Deux
— Venge ou Meurs ((Criminels)
BIART (LUCIEN)........... Benito Vasquez.
BLASCO (EUSEBIO)........ Une Femme compromise. (Trad.
de l'espagnol.)
BOCCACE................. Contes.
BONNET (ED.)............ La Revanche d'Orgon.
BONNETAIN (PAUL)....... Au Large.
— Marsouins et Mathurins.
BONSERGENT (A.)........ Monsieur Thérèse.
BOSQUET (E.)............ Le Roman des Ouvrières.
BOUSSENARD (L.)........ Aux Antipodes.
— 10,000 ans dans un bloc de glace.
— Chasseurs canadiens.
BOUVIER (ALEXIS)........ Colette.
— Le Mariage d'un Forçat.
— Les Petites Ouvrières.
— Mademoiselle Beau-Sourire.
— Les Pauvres.
— Les Petites Blanchisseuses.
BRÉTIGNY (P.)........... La Petite Gabi.
CAHU (THÉODORE)........ Le Sénateur Ignace.
— Le Régiment où l'on s'amuse.
— Combat d'Amours.
CANIVET (CH.)........... La Ferme des Gohel.
CASANOVA (J.)........... Sous les Plombs.
CASSOT (C.)............. La Vierge d'Irlande.
CAZOTTE (J.)............ Le Diable Amoureux.
CHAMPFLEURY........... Le Violon de faïence.
CHAMPSAUR (F.)......... Le Cœur.
Chanson de Roland (La).
CHATEAUBRIAND......... Atala, René, Dernier Abencérage.
CHAVETTE (EUGÈNE)..... La Belle Alliette.
— Lilie, Tutue, Bebeth.
— Le Procès Pictompin.

CHINCHOLLE (CH.)........ Le Vieux Général.
CIM (ALBERT)............ Les Prouesses d'une Fille.
CLADEL (LÉON)........... Crête-Rouge.
CLARETIE (JULES)........ La Mansarde.
COLOMBIER (MARIE)...... Nathalie.
CONSTANT (BENJAMIN).... Adolphe.
COQUELIN-CADET......... Le livre des Convalescents (Ill.).
COURTELINE (G.)........ Le 51e Chasseurs.
    —   Madelon, Margot et Cie.
    —   Les Facéties de Jean de la Butte.
    —   Ombres parisiennes.
    —   Boubouroche.
COUTURIER (CL.)........ Le Lit de cette personne.
DANRIT (CAPITAINE)..... La Bataille de Neufchâteau.
DANTE.................. L'Enfer.
DAUDET (ALPHONSE)...... La Belle-Nivernaise.
    —   Les Débuts d'un Homme de Lettres.
DAUDET (ERNEST)........ Le Crime de Jean Malory.
    —   Jourdan Coupe-Tête.
    —   Le Lendemain du péché.
DELCOURT (P.).......... Le Secret du Juge d'Instruction.
DELVAU (ALFRED) .... Les Amours buissonnières.
    —   Mémoires d'une Honnête Fille.
    —   Le grand et le petit Trottoir.
    —   A la porte du Paradis.
    —   Les Cocottes de mon Grand-Père.
    —   Miss Fauvette.
    —   Du Pont des Arts au Pont de Kehl.
DESBEAUX (E.).......... La Petite Mendiante.
DESLYS (CH.)........... L'Abîme.
    —   Les Buttes Chaumont.
    —   L'Aveugle de Bagnolet.
DICKENS (CH.) .... Un Ménage de la Mer.
    —   La Terre de Tom Tiddler.
    —   La Maison hantée.
DIGUET (CH.)........... Moi et l'Autre. (Ouvr. couronné.)
DHORMOYS (P.).......... Sous les Tropiques.
DOSTOIEWSKY............ Ame d'Enfant.
DRUMONT (ÉDOUARD)..... Le Dernier des Trémolin.
DUBUT DE LAFOREST..... Belle-Maman.
DU CAMP (MAXIME) ...... Mémoires d'un Suicidé.
DUMAS (ALEXANDRE)..... La Marquise de Brinvilliers.
    —   Les Massacres du Midi.

DUMAS (ALEXANDRE)........ Les Borgia.
— Marie Stuart.
DURIEU (L.)............... Ces bons petits collèges.
DUVAL (G.)................ Le Tonnelier.
ENNE (F.) ET DELISLE (F.). La Comtesse Dynamite.
ESCOFFIER................. Troppmann.
EXCOFFON (A.)............. Le Courrier de Lyon.
FIÉVÉE................... La Dot de Suzette.
FLAMMARION (CAMILLE).... Lumen.
— Rêves étoilés.
— Voyages en Ballon.
— L'Éruption du Krakatoa.
— Copernic et le système du monde.
— Clairs de Lune.
FIGUIER (Mᵐᵉ LOUIS).... Le Gardian de la Camargue.
— Les Fiancés de la Gardiole.
GAUTIER (THÉOPHILE)..... Jettatura.
— Avatar. — Fortunio.
GAUTIER (Mᵐᵉ JUDITH).... Les Cruautés de l'Amour.
GINISTY (P.)............. La Seconde Nuit. (Roman bouffe.
Préf. par A. Silvestre.)
GŒTHE.................. Werther.
GOGOL (NICOLAS)........ Les Veillées de l'Ukraine.
— Tarass Boulba.
GOLDSMITH............. Le Vicaire de Vakefield.
GOZLAN (LÉON).......... Le Capitaine Maubert.
GREYSON (E.)........... Juffer Daadje et Juffer Doortje.
GROS (JULES)........... Un Volcan dans les Glaces.
— L'Homme fossile.
GUÉRIN-GINISTY......... La Fange.
— Les Rastaquouères.
GUILLEMOT (G.)......... Maman Chautard.
GUYOT (YVES)........... Un Fou.
HAILLY (G. D')......... Fleur de Pommier.
— Le Prix d'un Sourire.
HALT (Mᵐᵉ ROBERT-).... Hist. d'un Petit Homme. (Ouvrage
couronné.)
— La Petite Lazare.
— Brave Garçon.
HAMILTON.............. Mémoires du Chev. de Grammont.
HEPP (A.)............. L'Amie de Madame Alice.
HOFFMANN............. Contes fantastiques.
HOUSSAYE (ARSÈNE)..... Lucia.

HOUSSAYE (ARSÈNE) .... Madame Trois-Étoiles.
—   Les Larmes de Jeanne.
—   La Confession de Caroline.
—   Julia.
HUCHER (I.)............... La Belle Madame Pajol.
HUGO (VICTOR) .... La Légende du Beau Pécopin et de
                            la Belle Bauldour.
JACOLLIOT (L.).......... Voyage aux Pays Mystérieux.
—   Le Crime du Moulin d'Usor.
—   Vengeance de Forçats.
—   Les Chasseurs d'Esclaves.
—   Voyage sur les rives du Niger.
—   Voyage au pays des Singes.
JANIN (JULES)........... Contes.
—   Nouvelles.
—   L'Ane mort.
JOGAND (MARIUS)........ L'Enfant de la Folle.
LA FAYETTE (Mme DE).... La Princesse de Clèves.
LAND (PIERRE DE)....... Jules Fabien.
LAUNAY (A. DE) .... Mademoiselle Mignon.
LAURENT (ALBERT)....... La Bande Michelou.
LE ROUX (HUGUES),...... L'Attentat Sloughine.
LEROY (CHARLES)........ Les Tribulations d'un Futur.
—   Le Capitaine Lorgnegrut.
—   Un Gendre à l'Ess i.
LESSEPS (FERDINAND DE). Les Origines du Canal de Suez.
LHEUREUX (P.).......... P'tit Chéri. (Histoire parisienne.)
—   Le Mari de Mlle Gendrin.
LOCKROY (EDOUARD)...... L'Ile révoltée.
LONGUEVILLE........... L'Art de tirer les Cartes.
LONGUS .... Daphnis et Chloé.
MAEL (PIERRE).......... Pilleur d'Epaves. (Mœurs maritimes.)
—   Le Torpilleur 29.
—   La Bruyère d'Yvonne.
MAISTRE (X. DE) .... Voyage autour de ma Chambre.
MAIZEROY (RENÉ) .... Souvenirs d'un Officier.
—   Vavaknoff.
—   Souvenirs d'un Saint-Cyrien.
—   La Dernière Croisade.
MALOT (HECTOR)........ Séduction.
—   Les Amours de Jacques.
MARGUERITTE (PAUL)..... La Confession posthume.

MARTEL (T.)	La Main aux Dames.
	La Parpaillotte.
MARY (JULES)	Un coup de Revolver.
—	Un Mariage de confiance.
—	Le Boucher de Meudon.
MAUPASSANT (GUY DE)	L'Héritage.
	Histoire d'une Fille de Ferme.
MENDÈS (CATULLE)	Le Roman Rouge.
—	Monstres parisiens. (Nouv. série.)
—	Pour lire au Bain.
—	Le Cruel Berceau.
—	Pour lire au Couvent.
—	Pierre le Véridique, roman.
—	Jeunes Filles.
—	Jupe Courte.
—	Isoline.
—	L'Art d'Aimer.
—	L'Enfant amoureux.
MÉROUVEL (CH.)	Caprice des Dames.
MÉTÉNIER (OSCAR)	La Chair.
—	La Grâce.
—	Myrrha-Maria.
MEUNIER (V.)	L'Esprit et le Cœur des Bêtes.
MICHELET (Mᵐᵉ)	Quand j'étais Petite (Mémoires d'une Enfant.)
MIE D'AGHONNE	L'Écluse des Cadavres.
—	L'Enfant du Fossé.
	Les Aventurières.
MOLÈNES (E. DE)	Pâlotte.
MONSELET (CHARLES)	Les Ruines de Paris.
MONTEIL (E.)	Jean des Galères.
MONTAGNE (ED.)	La Bohème camelotte.
MONTIFAUD (M. DE)	Héloïse et Abélard.
MOULIN (M.) ET LEMONNIER (P.)	Aventures de Mathurins.
MOULIN (M.)	Nella.
	Le Curé Comballuzier.
MULLEM (L.)	Contes d'Amérique.
MURGER (HENRI)	Le Roman du Capucin.
NAPOLÉON Iᵉʳ	Allocutions et Proclamations militaires.
NERVAL (GÉRARD DE)	Les Filles du Feu.
NEWSKY (P.)	Le Fauteuil fatal. (Trad. du russe.)
NOIR (LOUIS)	L'Auberge maudite.

NOIR (LOUIS) .... La Vénus cuivrée.
— Un Tueur de Lions.
NOIROT (E.). A Travers le Fouta-Diallon et le Bambouc.
PAZ (MAXIME).............. Trahie.
PELLICO (SILVIO)......... Mes Prisons.
PERRET (P.).............. La Fin d'un Viveur.
PEYREBRUNE (G. DE)..... Jean Bernard.
PIGAULT-LEBRUN......... Monsieur Botte.
POÉ (EDGAR) .... Contes extraordinaires.
PONT-JEST (R. DE)....... Divorcée.
POUCHKINE. .... Doubrovsky. (Trad. du russe.)
POTHEY (A.)............ La Fève de Saint-Ignace.
PRADELS (OCTAVE) ...... Les Amours de Bidoche.
PRÉVOST (L'ABBÉ)....... Manon Lescaut.
REIBRACH (J.).......... La Femme à Pouillot.
RENARD (JULES)........ Le Coureur de Filles.
RÉVILLON (TONY)........ Le Faubourg Saint-Antoine.
— Noémi. La Bataille de la Bourse
— L'Exilé.
— Les Dames de Neufve-Eglise.
RICHEPIN (JEAN)........ Quatre petits Romans.
— Les Morts bizarres.
ROCHEFORT (HENRI)...... L'Aurore boréale.
ROUSSEIL (Mlle).......... La Fille d'un Proscrit.
RUDE (MAXIME).......... Une Victime de Couvent.
— Le Roman d'une Dame d'honneur.
— Les Princes tragiques.
SANDEAU (JULES)........ Madeleine.
SAINT-PIERRE (B. DE)..... Paul et Virginie.
SARCEY (FRANCISQUE)..... Le Siège de Paris.
SAUNIÈRE (PAUL)......... Vif-Argent.
SCHOLL (AURÉLIEN)....... Peines de cœur.
SÉVIGNÉ (Mme DE)........ Lettres choisies.
SIEBECKER (E.)........... Le Baiser d'Odile
SILVESTRE (ARMAND)..... Histoires joyeuses.
— Histoires folâtres.
— Maïma.
— Rose de Mai.
— Histoires gaies.
— Les Cas difficiles.
SIRVEN (ALFRED)........ La Linda.
— Étiennette.
SOUDAN (JEHAN)........ Histoires américaines. (Illustrées.)

SOULIÉ (FRÉDÉRIC)	Le Lion amoureux.
SPOLL (E.-A.)	Le Secret des Villiers.
STAPLEAUX (L.)	Le Château de la Rage.
STERNE	Voyage sentimental.
SWIFT	Voyages de Gulliver.
TALMEYR (MAURICE)	Le Grisou.
THEURIET (ANDRÉ)	Le Mariage de Gérard.
—	Lucile Désenclos. — Une Ondine.
—	Contes tendres.
TOLSTOI (COMTE LÉON)	Le Roman du Mariage.
—	La Sonate à Kreutzer.
—	Maître et Serviteur.
TOUDOUZE (G.)	Les Cauchemars.
TOURGUENEFF (I.)	Devant la Guillotine.
—	Récits d'un Chasseur.
—	Premier Amour.
UZANNE (OCTAVE)	La Bohème du cœur.
VALLERY-RADOT	Journal d'un Volontaire d'un an.
	(Ouvrage couronné.)
VAST-RICOUARD	La Sirène.
—	Madame Lavernon.
—	Le Chef de Gare.
VAUTIER (CL.)	Femme et Prêtre.
VÉBER (PIERRE)	L'Innocente du Logis.
VIALON (P.)	L'Homme au Chien muet.
VIGNON (CLAUDE)	Vertige.
VILLIERS DE L'ISLE-ADAM.	Le Secret de l'Échafaud.
VOLTAIRE	Zadig. — Candide. — Micromégas.
XANROF	Juju.
YVELING RAMBAUD	Sur le tard.
ZACCONE (PIERRE)	Seuls!
ZOLA (ÉMILE)	Thérèse Raquin.
—	Jacques Damour.
—	Jean Gourdon.
—	Sidoine et Médéric.
—	Nantas.
—	La Fête à Coqueville.
—	Madeleine Férat.

(Envoi franco contre mandat ou timbres-poste français.)

ÉMILE COLIN — IMPRIMERIE DE LAGNY

AVIS DE L'ÉDITEUR

Le but de la collection des *Auteurs célèbres*, à **60** *centimes* le volume, est de mettre entre toutes les mains de bonnes éditions des meilleurs écrivains modernes et contemporains.

Sous un format commode et pouvant en même temps tenir une belle place dans toute bibliothèque, il paraît chaque quinzaine un volume.

CHAQUE OUVRAGE EST COMPLET EN UN VOLUME

POUR LES Nᵒˢ 1 A 355, DEMANDER LE CATALOGUE SPÉCIAL

356. RICHE (DANIEL), Amours de Mâle.
357. CYRANO DE BERGERAC, Voyage dans la Lune.
358. COLOMBIER (MARIE), Sacha.
359. TOLSTOÏ (COMTE LÉON), A la Hussarde !
360. DARZENS (RODOLPHE), Le Roman d'un Clown.
361. LÉON GOZLAN, Les émotions de Polydore Marasquin.
362. TANCRÈDE MARTEL, L'Homme à l'Hermine.
363. A. GRÉBAUVAL, Le Gabelou.
364. ALBERT CIM, La petite Fée.
365. ANDRÉ VALDÈS, A la Dérive.
366. LEX, Comment on se marie.
367. NIKOLAÏ GOGOL, Contes et Nouvelles.
368. ERASME, Éloge de la Folie (traduction couronnée).
369. P. VIGNÉ D'OCTON, Mademoiselle Sidonie.
370. JOSEPH MONTET, Le Justicier.
371. FRANÇOIS DE NION, L'Usure.
372. EUGÈNE DE LA QUEYSSIE, La Femme de Tantale.
373. JEAN BERLEUX, Cousine Annette.
374. P. DE PARDIELLAN, L'Implacable Service.
375. ERIC BESNARD, Le Lendemain du Mariage.
376. PÉTRARQUE ET LAURE, Lettres de Vaucluse.
377. TOLSTOÏ (COMTE LÉON), Napoléon et la campagne de Russie.
378. PRADELS (OCTAVE), Le plan de Nicéphore.
379. BEAUMARCHAIS, Le Barbier de Séville.
380.   —   Le Mariage de Figaro.

En jolie reliure spéciale à la collection, **1 fr.** le v

ENVOI FRANCO CONTRE MANDAT OU TIMBR

Imprimerie LAHURE, rue de Fleurus, 9, à Paris.